Amoureux du défi

Devenir agent d'infiltration a toujours été le plus grand rêve de Danica Leroux

Sley Samedy

AMOUREUX DU DÉFI

First edition. May 11, 2024.

Copyright © 2024 Sley Samedy.

ISBN: 979-8224311385

Written by Sley Samedy.

Also by Sley Samedy

Une nuit sur la plage
Amoureux du défi
Premier Match

Pour Danica Leroux, devenir agent d'infiltration a toujours été son rêve, et lorsqu'elle reçoit une nouvelle promotion, elle sait que cela s'accompagne d'une énorme responsabilité.

Lorsqu'elle apprend que son nouveau travail va l'impliquer avec la seule et unique star de cinéma, Hunter Ford, elle se lance avec impatience dans cette nouvelle mission avec son attitude courageuse et stimulante. Parce que des menaces ont été proférées contre lui, elle doit le protéger jusqu'à la première de son dernier film... ou jusqu'à ce qu'ils découvrent qui profère ces menaces.

Peu de temps après avoir accepté la mission, une balle courbe lui est lancée et elle se retrouve face à un dilemme. Comment peut-elle le protéger si elle devient la cible ?

Lorsque sa vie est en jeu, elle le repousse pour sa propre protection. Mais
va-t-elle trop loin ?

Chapitre 1

Je n'arrive pas à croire que cela soit finalement arrivé, c'est officiel, ma promotion a eu lieu ! L'enthousiasme de recevoir le respect pour lequel j'ai travaillé si dur et que je mérite me rend fier de ma réussite. Mon père avait raison, que Dieu ait son âme. Si je travaille assez dur et que je m'y tiens, ce ne sera qu'une question de temps avant que mes compétences et mes capacités soient reconnues. Les pensées de mon père attirent mon attention sur le ciel dégagé. Je remercie l'homme qui m'a appris tout ce que je sais. Je t'ai dit qu'un jour je te rendrais fier, repose-toi papa.

Comme j'ai pris suffisamment de temps pour déjeuner, je jette ce qui reste à la poubelle. Le certificat qui indique Danica Leroux Undercover Agent va dans mon sac à dos. Je traverse la grande pelouse et atteint le trottoir qui entoure le parc. Après avoir traversé la rue, je monte les escaliers en ciment pour rentrer dans le quartier.

Les plaisanteries habituelles et les téléphones qui sonnent sans arrêt rendent la salle chaotique. Mais c'est ma deuxième maison et j'en aime chaque minute. À mon bureau, il y a un message : Appelez dès que possible - Undercover Protective Detail - avec un numéro de téléphone. Premier jour de promotion et j'ai déjà une mission. L'excitation commence à bouillonner de l'intérieur lorsque je décroche le combiné et compose le numéro.

"Bonjour, c'est Warren", sa voix pleine d'anxiété suscite une certaine inquiétude.

"L'agent Leroux vous rappelle." J'écoute pour entendre le chaos à travers la ligne.

Un homme crie des obscénités puis un bruit de verre se brise. "Je me fiche de ce que tu veux, c'est en train d'arriver." Le monsieur au bout du fil crache de colère puis ramène son attention sur l'appel téléphonique. « Agent, nous devons obtenir des informations sur Hunter Ford. Nous serons dans sa maison dans peu de temps. Veuillez arriver à quatre heures cet après-midi afin que nous puissions examiner les détails.

Est-ce que ce type est réel ? Je ne reçois pas d'ordres de sa part. Cela devrait passer par le chef. Je regarde mon bureau. Eh bien, putain. C'est lui qui m'a laissé le message, donc il doit être au courant. « Warren, es-tu en danger, en ce moment ? » Les cris en arrière-plan deviennent de plus en plus forts alors que l'homme, comme un enfant de deux ans, fait une crise de colère. Grandir. Je lève les yeux au ciel face à ses pitreries enfantines.

"Non non. Tout ira bien, je suis habitué à lui », dit-il.

« Très bien alors, j'arriverai à quatre heures. Quelle est l'adresse?" Je prends mon stylo pour prendre note. « Soixante-neuf allées. À bientôt, » et la ligne est coupée. J'ai relu l'adresse. Ça doit être une blague, non ?

Je regarde autour de moi et personne ne semble prêter attention à ce que je fais. Peut-être que ce n'est pas le cas, je ris intérieurement. Soixante-neuf, c'est une chose. Mais mettez-le ensemble en venant, eh bien, si vous le faites correctement, quelqu'un devrait le faire. Quoi qu'il en soit, qu'est-ce qui est si important et qui diable est Hunter Ford ?

D'une simple pression sur la barre d'espace, je donne vie à l'écran de l'ordinateur. Un clic et je suis sur Internet. Je tape le nom. Putain de merde ! Je fais défiler page après page des muscles toniques, une peau bronzée et des yeux vert émeraude pour lesquels je mourrais. Il s'avère que M. Ford est une célébrité et la première de son prochain film aura lieu dans cinq semaines. Super, je pense que j'aurais pour mission de garder une star de cinéma coincée. Eh bien, au moins, il n'est pas mauvais pour les yeux.

Suis-je resté hors du courant si longtemps que je n'ai même pas reconnu une star de cinéma, putain ? Je dois arrêter de traîner dans les bars et trouver quelqu'un pour m'emmener à un vrai rendez-vous. Un pique-nique ou un film serait bien. Même le surf serait génial. Cela fait bien trop longtemps.

Là encore, je sais ce que je veux et quand je le veux, alors pourquoi perdre du temps avec ces conneries. Je ne suis pas du genre à porter des fleurs et des fioritures. Non, je suis plutôt un amateur de sensations fortes, ajoute de la bière et des tatouages et bébé, je suis mouillé et prêt pour toi.

Le chef Belmont passe devant mon bureau et je me lève d'un bond pour le suivre dans le bureau. La porte se ferme derrière moi. "Avec toutes mes compétences et ma formation, vous me confiez une mission de baby-sitting ?" Il rit.

« Bébé fait des pas Danica. C'est votre première mission, et ce n'est pas pour rien. Votre apparence sera utile dans ce cas. Avec attitude, je claque mes mains sur le bureau. "Tu as de la chance d'être mon oncle, sinon je porterais plainte contre toi pour harcèlement sexuel." Son éclat de rire résonne dans toute la pièce.

"Allez oncle Lenny, ne sois pas comme ça." Je m'assois dans le fauteuil en cuir cabossé et je fais la moue. Ma lèvre dépasse et je croise les bras. Maintenant, qui agit comme l'enfant, merde. Je ne peux rien faire d'autre que sortir et faire mes preuves. "Très bien, quel est le détail ?" L'oncle Lenny sort le dossier.

Nous passons en revue les menaces ; la plupart se faisaient par téléphone. Rien ne ressort, mais ce que je remarque, c'est qu'à chaque menace, son agent est rendu public, ce qui est étrange. Un coup de pub, peut-être ?

Je tourne la page et je sais maintenant pourquoi je suis la personne choisie pour cette mission. Problèmes de femme. Une photo de Hunter avec une femme et le grand X rouge marque la tache du rouge à lèvres. Ouais, une femme typique.

Mais il y a quelque chose d'étrange dans les appels téléphoniques. Ils ne correspondent pas aux autres aspects des menaces. Il est temps de me salir les mains et d'aller au fond des choses. Le chef me dit de rentrer chez moi et d'emporter quelques vêtements, de jolis, et j'aurai besoin d'une robe ou deux. Super, je peux jouer à me déguiser, pouah.

Pourquoi ne puis-je pas obtenir une mission d'infiltration avec des voyous de la rue ? Les jeans et les T-shirts sont plus mon style. Habillez-vous, pas question. Je les laisse uniquement pour les mariages. Bien sûr, je suis belle en jean et j'ai quelques belles chemises et chemisiers, mais des jupes et des robes ? Non merci.

Je ne porte même pas beaucoup de maquillage, l'eye-liner et le mascara c'est tout. Chap Stick si nécessaire. Fait amusant à mon sujet : je n'ai qu'un seul tube de rouge à lèvres. Son rouge pompier va avec la seule robe de mon placard, ma robe de demoiselle d'honneur, choisie par ma cousine.

Le dossier en main, je regarde l'horloge. Il est écrit deux heures trente. Je ferais mieux de me mettre en marche. Lorsque le moteur de ma voiture démarre, le stress de la mission disparaît. J'ai compris, je pense en moi-même et je descends le boulevard en direction de chez moi. Ce n'est peut-être pas chic et glamour. Mais c'est le mien. Depuis que papa nous a quitté, j'ai un joli petit pécule qui m'attend pour ma retraite. Bien sûr, cela ne vaut rien pour moi car je préférerais qu'il soit toujours là.

Chapitre 2

HUNTER

Les mains en l'air, j'exagère : « Warren, je me fiche de ce que tu dis. Je n'ai pas besoin d'un putain de garde du corps. Merde, je mesure 1,80 mètre et je suis tout musclé, qui voudrait me baiser ? D'ailleurs, la dernière menace remonte à trois semaines. C'est probablement fini. Des femmes jalouses et folles, c'est pour ça que je reste célibataire. Je suis heureux d'être de retour dans l'intimité de ma propre maison. Les murs familiers sont ma solitude. Plus de voyages, plus de tournages sur place, plus de réalisateurs qui me crient à l'oreille. J'ai l'intention de prendre congé l'année prochaine pour profiter de ma richesse pendant que je suis encore assez jeune pour en profiter. Je m'appuie contre le comptoir de la cuisine.

Warren avale le Pepto-Bismol comme son eau. « Je suis conscient de la situation, et puisque vous envisagez de disparaître du circuit, il faut être prudent. Il y a des boulots de fous et avec la première du film, je préfère prévenir que guérir. Il pose la bouteille en plastique sur l'îlot de la cuisine et entre dans le salon.

Pourquoi personne ne comprend-il ? Je suis adulte et je peux gérer cette merde tout seul. Comment vais-je continuer à me prostituer avec qui je veux, avec un garde du corps dans le cul ? C'est un inconvénient. Je vais devoir établir quelques règles de base. Je lève les yeux vers l'horloge au-dessus de l'évier de la cuisine, il est presque quatre heures. Génial, quel que soit ce connard, il sera bientôt là.

« Je vais pisser et peut-être faire une décharge, je reviens. Essayez de ne pas effrayer le garde s'il arrive avant mon retour. » Dit-il et il se dirigea vers le couloir.

Warren est avec moi depuis le début. Lorsque ma carrière d'acteur a décollé il y a trois ans, il m'a pris sous son aile et ne m'a jamais trompé. Je suis passé d'un enfant d'une petite ville à un acteur bien payé en moins de deux ans. Je lui dois tout.

Je prends une bière dans le réfrigérateur et j'en bois la moitié, dans l'espoir de me mettre en colère. Je sais que c'est une situation temporaire et qu'il veille sur moi, mais quand même. Le bruit subtil d'un coussin sur lequel on s'assoit attire mon attention vers le salon. Je pensais que Warren aurait mis plus de temps. Quand je contourne l'îlot de cuisine, je me fige. C'est qui, bordel ? Je recule et ne dis pas un mot.

Sur le canapé est assise une petite femme, aux cheveux noirs jusqu'aux épaules, et elle est concentrée sur la table. Je m'appuie contre le comptoir et cherche derrière moi le bloc de bambou qui contient les couteaux. Une fois que j'ai enroulé ma main autour de l'une des poignées, je la fais glisser et recule dans sa direction. Ses grands yeux marron lèvent la tête, le côté droit de sa bouche se transforme en un sourire narquois.

Qui est cette nana et pourquoi est-elle chez moi ? Peut-être que Warren a raison, peut-être que je dois renforcer ma sécurité. Ses yeux se plissent, elle bat ses longs cils, puis cligne de l'œil. Elle est complètement folle, il le faut. Je fais un pas de plus et un subtil soupçon de vanille dérive dans mon espace privé, mes yeux se ferment pendant une seconde. Quand ils rouvrent, je regarde le canon d'un pistolet. Et pas n'importe quelle arme, un Beretta PX4. Putain de merde !

Ses yeux brillent de passion, elle m'a si elle me veut. Je suis à sa merci et elle le sait. Ma bouche devient sèche et je ne peux pas parler, figé dans le temps. Ses yeux passent de la passion au contrôle, puis à un regard douteux.

DANICA

J'ai sauté par-dessus la clôture et maintenant je m'introduit par effraction dans la maison. Ce n'est pas difficile du tout. La sécurité doit être à jour si je veux pouvoir protéger ce type ici. J'ouvre l'écran et passe par la fenêtre d'une salle de sport. Personne ici, je sors de la pièce dans un petit couloir.

Les planchers en bois couvrent toute la longueur et un tapis gris moelleux commence dans le salon. Dos au mur, j'évalue la zone et vérifie ma montre. Ils devraient m'attendre. Pourquoi n'y a-t-il personne autour ? D'un mouvement de tête, je fouille la pièce et le mouvement de ce qui ressemble à la cuisine attire mon attention.

Ok, dur à cuire, voyons à quel point tu es dur. Hors de vue, je me dirige vers le canapé et me donne l'impression d'être chez moi. Tête dure ou pas, ce type doit savoir qu'il a plus de problèmes qu'il ne le pense. Je suis sûr que je ne vais pas supporter ses crises de colère. C'est ma première mission et je ne vais pas la gâcher.

Du coin de l'œil, je le regarde sortir de la cuisine. Il regarde du couloir à la cheminée puis ses yeux me fixent. Surpris, il recule. Ça t'a pris assez de temps, je me dis mais je ne dis rien. Je lève la tête, bats les yeux puis fais un clin d'œil. Ouais, connard. Une folle envahit votre maison, qu'allez-vous faire ? La peur et la confusion sur son visage me font rire intérieurement.

Il recule et cherche quelque chose derrière lui. Lorsqu'il vient vers moi, j'attends pour bouger. Je vois l'éclat d'une lame à ses côtés, ok, allons dans le tango. Ses yeux se ferment alors qu'il prend une profonde inspiration et je me lève d'un bond, dégaine mon arme et vise.

Ses yeux s'ouvrirent et le couteau qu'il tenait tomba au sol. J'attends une bonne minute sans dire un mot. Son pouls s'accélère, de la sueur commence à se former sur sa lèvre supérieure. Mes entrailles célèbrent le fait que j'ai gagné cette manche. Je baisse mon arme et passe devant lui, envoyant le couteau sur le côté. Un vrai dur à cuire, non.

Je pose mes fesses sur le tabouret de l'îlot de cuisine et il fait un pas de côté. Il ne sait pas dans quel danger il s'est mis. « Vous venez de vous retrouver dans un coin ? Ce type est un vrai gagnant. Pas étonnant qu'il ait besoin de protection. C'est une blague ; incapable de cacher ma satisfaction, je ris.

"Tu n'es rien d'autre qu'une grosse chatte." J'enlève mon badge de ma hanche et le jette sur le comptoir en marbre. Il attrape le couteau et le pointe dans ma direction. Allez mec, il ne m'a pas quitté des yeux. Regarde le badge, gros con.

« Laisse tomber Sparky, je ne suis pas là pour te faire du mal. En fait, j'ai prouvé mon point de vue. La sécurité est un problème. Je suis l'agent Leroux, vous pouvez m'appeler Danica. Je suis ici sous les ordres du chef Belmont. Il fronce les sourcils, regarde mon badge et remet le couteau dans le bloc.

Lorsqu'il se tourne vers moi, sa bouche s'ouvre pour parler mais rien ne sort. Cela arrive plusieurs fois et c'est assez comique. «J'ai déjà laissé des hommes sans voix, mais jamais avec mes vêtements.» Je remue mes sourcils.

Ses yeux s'écarquillent et tout ce à quoi je pense, c'est : voici ce grand gars musclé, et mon petit vieux lui a fait peur. Hmm, baiser avec lui pourrait rendre cette mission plus amusante.

"Tu es chanceux. J'aurais pu te tuer. » Je porte mon Beretta à ma joue et fais glisser ma langue le long du canon de métal froid. Un bruit vient de derrière moi. D'un mouvement rapide, je traverse l'île et pose ma main contre la poitrine de M. Ford. Avec lui derrière moi, je pointe mon arme sur un petit homme trapu qui se promène dans le couloir.

Lorsqu'il lève les yeux, il s'arrête à sa place. Sa bouche s'ouvre, un bras musclé se balance et me coupe le bras. Sérieusement, il va essayer de me désarmer ? Mon coude recule et j'entre en contact avec ses côtes.

Il m'entoure de ses bras et me tient contre sa poitrine. Je rejette la tête en arrière et entre en contact avec la sienne, il lâche prise et trébuche en arrière. Étourdi pendant une seconde.

HUNTER

Oh, mon nez ! Elle m'a donné un coup de tête. "Salope", je l'attrape à nouveau mais elle me bloque, elle est rapide. Je me précipite en avant mais elle attrape mon poignet, me fait tourner et me pousse contre le mur impitoyable. Putain de merde.

Elle applique une pression et lève ma main plus haut au centre de mon dos. Son souffle chaud caresse mon cou, et l'instant d'après, mes genoux touchent le sol avec un bruit sourd. Ma bite tremble, pourquoi est-ce que ça m'excite, qu'est-ce que c'est ?

"Maintenant, si vous pouvez arrêter de déconner. J'aimerais me mettre au travail et me présenter. Elle lâche mon bras d'un coup et entre dans le salon. Son arme glisse dans l'étui au-dessus de ses fesses. Et c'est un joli cul. Je me lève et admire ses courbes.

Elle ne doit peut-être pas mesurer plus d'un mètre cinquante. Ses cheveux châtain foncé pendent sur ses épaules et ses hanches se balancent à chaque pas qu'elle fait. Lorsqu'elle se retourne, ses lèvres attirent mon attention – charnues, du genre que j'ai envie d'embrasser. Je secoue la tête et essaie de clarifier mes pensées. D'où vient cela?

"Warren, tu as besoin d'un verre?" Je demande alors que le sceau de la canette de bière que je prends s'ouvre.

"Ouais, je pense que je pourrais." Dit-il en se dirigeant vers le canapé. Comme il ne boit pas d'alcool, je prends un soda et je le lui lance.

DANICA

Ses yeux émeraude sombre me transpercent tandis qu'il déglutit. Oh, désolé bébé. Ai-je blessé ton ego ? Vous fait tomber d'un cran ou deux ? Bien. Maintenant tu vas me prendre au sérieux. Je suis peut-être petite mais je peux me débrouiller. En fait, plus ils sont gros, plus ils tombent durement. Ce sont des hommes comme vous qui donnent une mauvaise réputation à tous les hommes. Je donne un coup de pied devant moi et mes bottes atterrissent sur la table basse.

«Je m'appelle Danica, votre garde du corps. Pour info- Je ne prends pas d'ordres de votre part, j'accepte les demandes. Je ferai de mon mieux pour répondre aux demandes. Cependant, j'ai des normes. Mon seul et unique objectif est de vous protéger et d'assurer votre sécurité. Les deux hommes sont assis en face de la chaise sur laquelle je me trouve et me regardent fixement.

Qu'est-ce qu'ils ont avec ces gars ? Après quelques minutes passées à se regarder d'avant en arrière, le petit trapu se lève. Alors qu'il se penche, il tend la main.

« Salut, je m'appelle Warren, nous avons parlé au téléphone, comment ? Comment as-tu fais ça?" Il fait signe à M. Ford. Je hausse les épaules. Je me suis classé premier dans ma classe, j'ai d'ailleurs rabaissé des hommes et des femmes et cela ne semble jamais vieillir. Mes trois frères aînés me gardaient sur mes gardes, tout comme mon père. Ils m'ont appris tout ce que je sais.

Sauf le truc du maquillage. Avec le départ de maman, j'ai dû le découvrir par moi-même. Je relâche la main de Warren et tends la main vers celle de M. Ford. Il prend ma main dans la sienne, une étincelle s'enflamme et la chaleur me brûle la peau, je sursaute et m'éloigne.

"Désolé, le tapis doit être statique." Dit-il en se frottant les mains sur son jean.

« D'accord, passons aux choses sérieuses. J'ai vu le fichier. Vous avez une grande première à venir. Bravo. En tant que garde du corps infiltré, il apparaîtra que je suis votre prochaine meilleure aventure. Personne d'autre que nous trois, mon partenaire Mark et le chef Belmont ne connaîtront la vérité. Hunter s'assoit et soupire. « Écoute mon pote, pour moi non plus, ce n'est pas que du vin et des roses. Alors, gérez-le et tirez le meilleur parti d'une situation merdique. Il lève les yeux au ciel.

« Avec les menaces que vous avez reçues, nous avons pensé qu'il serait mieux que je vous accompagne aux événements. La piscine, les magasins, bla, bla, bla. J'ai compris?"

Le coin de sa bouche se contracte en un sourire : « bla, bla, bla. Tu penses que tu pourrais être ma meilleure aventure ? il remue les sourcils. Toute la tension quitte la pièce.

Peut-être que ce ne sera pas si grave après tout. Je lui prends la bière et bois une longue gorgée. « Nous devrons faire en sorte que cela paraisse réel. Pouvez-vous faire semblant ? Je sais que je peux." Je me lèche la lèvre et fais glisser celle du bas, en sortant ma hanche.

Ses yeux brûlent de désir. "Avec moi, tu n'auras jamais à faire semblant", dit-il en inclinant la tête pour admirer mes courbes.

« Oh Sparky, ce n'est pas vrai, selon tous les magazines à potins. J'ai entendu dire que tu es... euh... un manque dans ce domaine.

Sa tête se redresse et son visage devient un peu rouge. Oeil de bœuf. "Eh bien, je vais devoir te prouver le contraire", tire-t-il sur son entrejambe. Ouais, je ne sais pas pourquoi les gars pensent que ça fait quelque chose pour nous, les femmes. Ce n'est pas le cas.

"Je suppose qu'il y a une pièce supplémentaire quelque part dans cet endroit pour moi ?" Mes bottes s'enfoncent dans le tapis moelleux et je traverse la pièce jusqu'au hall pour récupérer mes sacs sur le porche.

"Attends une seconde. J'ai un problème. Comme si vous n'obéissiez pas aux ordres, moi non plus. Puisque Warren insiste là-dessus, il y a quelques règles de base. D'une part, je ne serai pas prisonnier. Vous ne pouvez pas me menotter et me garder ici. Sa colère se voit et je ne peux pas lui en vouloir, mais je ne serai pas non plus baby-sitter. Il faut s'entendre d'une manière ou d'une autre. Je m'approche et regarde sa silhouette musclée, ses yeux me regardent de la tête aux pieds.

"Ecoute Sparky, si je voulais te menotter et te garder ici, je pourrais, et tu adorerais ça." En deux enjambées rapides, il n'est plus qu'à quelques centimètres de mon corps. La tension entre nous monte. Je tiens bon mais mon souffle se coupe et mon pouls s'accélère. Je ne m'attendais pas à ce qu'il envahisse mon espace si vite. Ma libido est en feu. Son après-rasage est masculin et tout lui.

"Alors, tu n'es pas seulement un connard intelligent, mais tu es aussi pervers ?" Sa tête penche et un sourire narquois apparaît. J'enfonce mon doigt dans sa poitrine pour le repousser mais il ne bouge pas, "Pas que tu auras jamais une chance." Il me contourne et écarte les cheveux de mon cou, il me teste et je réussirai avec brio, je le fais toujours. Jusqu'à ce que la chaleur de son souffle caresse ma peau nue sous mon oreille et que j'avale difficilement.

Dans un léger murmure : « Vous ne pouvez pas le gérer. » Son doigt glisse de l'autre côté de mon cou. « Mais je peux, et une fois de plus, vous l'apprécierez. Vous continuerez à venir... et à revenir... pour en savoir plus. Il revient dans ma vue, attendant que je l'admette. Ouais, ça n'arrivera jamais, mais bon sang.

"Quoi? Tu penses que tu peux avoir n'importe quelle femme que tu veux ? Tu penses que tu as tellement chaud que les gens tombent et embrassent le sol sur lequel tu marches. Je lui réponds en grondant.

« C'est généralement le cas. Mais toi, tu aimes le défi. Vous aimez l'excitation du jeu. La chasse. Vous aimez les bons défis.

Je lève les yeux au ciel. Il a raison mais je ne suis pas stupide. La main sur la hanche, je demande : « Et qu'est-ce que ce serait ? Toi? Êtes-vous le défi ? Il hoche la tête. Quoi qu'il en soit, je ne tomberai jamais amoureuse de lui. Il demande trop d'entretien.

HUNTER

J'ai raison, ses yeux l'ont trahi lorsqu'ils se sont allumés, et j'ai mis le doigt sur la tête. C'est un biscuit difficile et si je suis honnête avec moi-même, j'aime aussi les bons défis. Ces semaines pourraient être intéressantes.

Warren s'éclaircit la gorge : « Je vais m'écarter. Rappelez-vous Hunter, je pars pour quelques semaines. Appelez-moi si quelque chose arrive. Il ferme la porte derrière lui. Cela nous laisse Danica et moi debout dans le hall. Je lui montre les escaliers qui mènent aux quatre chambres et prends son sac.

Nous montons les escaliers, ses fesses se balancent devant mon visage et j'ai envie de lui donner une fessée si fort que ma paume se contracte. Un jean bleu moulant, un t-shirt blanc qu'elle a coupé pour que sa section médiane soit visible et des putains de bottes de combat. Qui aurait pensé que quelqu'un d'aussi robuste m'exciterait ? J'ai toujours eu des mannequins et des filles glamour qui s'exhibaient devant moi. Ici, cette beauté ne veut rien avoir à faire avec moi, et je salive devant sa fougue.

Lorsque nous atteignons le palier du deuxième étage, elle se retourne et je lis les mots « Bite Me » sur sa poitrine. "Est-ce une invitation?" Son cou s'étire pour me regarder et son décolleté est maintenant exposé. Son corps est comme un sablier avec des courbes aux bons endroits. "Tu as d'autres vêtements, n'est-ce pas ?" Ceux-ci peuvent être distrayants. En plus, si c'est ma fausse petite amie, des tenues comme celles-ci ne feront pas l'affaire.

"Qu'est-ce qui ne va pas avec mes vêtements?" Elle se penche en avant et entrelace ses doigts. Son décolleté est sur le point d'éclater à cause de la coupe décolletée qu'elle a faite. Maintenant, ce n'est plus seulement ma main qui tremble.

"Mes yeux sont là en haut." Je lève les yeux et le côté gauche de sa bouche sourit, son sourcil gauche se lève.

Cassé. Pourquoi est-ce que je la trouve si irrésistible ? Elle est comme de l'essence sur mon feu. Un high que je veux ressentir et ne jamais redescendre. Je me dirige vers la chambre en face de la mienne et dépose ses bagages à la porte. "Je vous laisse faire."

Elle prend son sac à l'intérieur et regarde par-dessus son épaule : « Je serai là dans quelques instants et tu pourras me faire visiter les lieux. N'allez nulle part. Puis elle jette le sac sur le lit et regarde autour d'elle.

Chapitre 3

D'après ce que je peux dire, il y a quatre chambres à coucher à cet étage. Deux à gauche de l'escalier et ces deux à droite avec deux salles de bain. Tous deux accessibles depuis le couloir et les chambres.

La chambre dans laquelle je logerai est bleu ciel avec un lit queen-size, des draps blancs en soie et une couette bleu ciel. Une table de nuit avec un réveil et une télécommande TV sur le dessus. Une commode assortie à quatre tiroirs en chêne rouge se trouve sur le mur du fond, assez grande pour mes vêtements. Au sommet se trouve une télévision à écran plat. À ma droite se trouvent deux longues fenêtres et un placard. Nichée sur le côté se trouve une porte menant à l'immense salle de bain.

J'ouvre la porte en cèdre, un sauna, pourquoi ? À ma droite se trouve un meuble vasque à deux lavabos, le miroir occupe tout le mur. Dans le coin, il y a un jacuzzi pour quatre personnes. Au bout se trouve une cabine de douche en verre. De l'autre côté se trouve une autre porte qui mène à ce que je crois être la chambre de Hunter. Eh bien, baise-moi, au moins si je suis coincé à faire du baby-sitting, je pourrai profiter de toutes ces commodités. Je déballe la plupart de mes affaires puis je descends les escaliers.

Je regarde par la grande baie vitrée la magnifique vue sur l'océan en vérifiant mes périmètres. Ce qui me préoccupe, c'est que des fenêtres aussi grandes et ouvertes laissent une grande cible de danger. Si quelqu'un le souhaite, il peut tirer sous n'importe quel angle. La plage et les hôtels environnants leur donneraient largement accès. "Es-tu toujours un dur à cuire?" sa voix ferme mais amicale. Bizarre même.

Par-dessus mon épaule, je regarde mes fesses. "Je ne dirais pas que c'est difficile, mais je prends mes entraînements au sérieux." Son visage illumine la pièce. Il me trouve drôle, voire divertissant. C'est agréable de rencontrer quelqu'un qui peut gérer mon vocabulaire fluide et mon sarcasme.

Génial, il a les fossettes les plus mignonnes, hmm... Travail Danica. C'est du travail. On frappe à la porte, sa tête pivote. « Vous attendez quelqu'un ? » Je demande à voix basse et je sors mon arme en me dirigeant vers le hall. Il secoue la tête. En regardant par le judas, je suis soulagé de voir Mark.

J'ouvre la porte et je passe mes bras autour de lui. "Cela fait longtemps qu'on ne s'est pas vu!" Il est en vacances et c'est son premier jour de retour. Nous avons parlé mais je ne l'ai pas vu. Il me relève et me fait tourner.

Ses yeux regardent au-delà de ma tête et je sais que Hunter regarde. Alors, j'embrasse Mark, je lui claque les lèvres et je lui prends la main. "Nous reviendrons dans quelques instants." Je crie par-dessus mon épaule et conduis Mark à l'étage dans ma nouvelle chambre.

« Qu'est-ce que tu fais à Dani, qui cause déjà des ennuis ? C'est ta première mission, ne te trompe pas. Mark dit et je ris. "As-tu préparé Jessie pour moi?" il hoche la tête, "Ouais, il t'enverra un texto ce soir après avoir terminé la journée." J'ai fait part à Mark des informations sur l'affaire et de l'aménagement de l'étage. Il surveillera de l'extérieur en tant que remplaçant. Si quelque chose devait arriver, je sais qu'il me soutiendra.

Je prends une demi-heure pour expliquer la disposition des pièces, nous faisons le tour du dernier étage en vérifiant les serrures de chaque fenêtre. Une fois cela fait, nous redescendons. Quand j'entre dans le salon, je fais semblant de fermer mon jean et de me coiffer. Les yeux de Hunter me grondent avec un air de salope, alors pour ajouter à ses pensées, je picote Mark sur la joue, "Merci mon amour, j'avais besoin de ça." Mark secoue la tête et rougit.

HUNTER

Dis-moi que cela ne s'est pas produit. Ils ne sont pas montés à l'étage, chez moi, pour faire un petit coup rapide.

Incroyable. "Sparky, voici Mark, mon partenaire", dit Danica en pointant par-dessus son épaule.

Je me lève et regarde la main de l'homme. Bon sang, il est rapide avec les dames, là où j'aime prendre mon temps. "Tu es rapide, mais je vais mieux." Il a l'air confus et je laisse tomber. "Partenaire dans la vie ou au travail?" Je tourne mon attention vers Danica. Son sourire va jusqu'aux oreilles. Elle est en train de manger ça. Et ça me frappe. Putain, elle m'a piégé et je suis tombé dans le panneau. Hameçon, ligne et plomb. Merde, je suis tombé dans son petit jeu de jalousie et je lui ai donné à manger le plus gros putain de homard.

« S'il vous plaît, elle est une poignée. Mais pas de match pour moi. Mark lui tapote l'épaule et se dirige vers le hall. "Dani, tu sais où je suis si tu as besoin de moi." Dit-il et s'en va. Avec un air satisfait sur le visage, elle entre dans la cuisine et se sert un soda. Toujours souriante, si suffisante, si satisfaite, je suis tombée sous le charme de sa petite arnaque. Je pourrais me frapper, mais elle est bonne. Je vais lui donner ça.

"Maintenant. Que diriez-vous d'une visite de ce niveau et du garage ? Nous faisons le grand tour puis je la conduis dans le garage pour quatre voitures. Les yeux écarquillés, elle s'arrête et regarde ma McLaren : « Wow, vous avez un coupé McLaren 675 LT ? Intelligent. Elle connaît ses voitures.

"Tu aimes?" Je demande alors qu'elle passe le bout de ses doigts sur la peinture Lio Blue. Je recule, pose mon pied contre le mur et admire ses courbes.

« Ce qu'il ne faut pas aimer, deux portes, deux sièges, huit cylindres envoyant le rugissement du moteur jusqu'au cœur. Saviez-vous que si vous reculez le siège, vous avez de la place pour le mettre en marche et conduire dur et longtemps ? » Elle se penche et pose les deux bras écartés sur la capuche, les fesses en l'air et les jambes écartées. "Et la capuche est juste assez large..." elle fait pivoter ses hanches. Baise-moi.

Je me racle la gorge. "Peut-être qu'un jour je t'emmènerai faire un tour, si tu es une gentille fille."

"Maintenant, qu'est-ce que ça serait amusant ?" Elle s'approche de la Harley et chevauche la moto comme une pro. Alors qu'elle se penche en arrière, son équilibre ne vacille pas et ses mains glissent sur le jean de ses cuisses.

"Mais c'est plus mon style." Elle se frotte les cuisses d'avant en arrière sur le siège, poussant son bassin et pousse un gémissement. Bon sang, elle est sexy comme l'enfer. Continuez ainsi et nous verrons à quel point vous l'aimez, me dis-je.

Je ne bouge pas et je ne commenterai pas, je ne veux plus tomber dans son petit jeu. Elle essaie de m'énerver. Je refuse de lui donner la satisfaction de savoir que ma bite peut couper du verre en ce moment.

Sa jambe se lève sur le vélo et elle regarde le Hummer. Les deux mains sur les hanches, elle penche la tête d'avant en arrière. Ses cheveux bruns tombent sur le côté et elle regarde par-dessus son épaule. "Compenser quelque chose ?" Ça y est, je l'ai eu.

En cinq foulées rapides, j'enroule mon bras autour de sa taille et la jette par-dessus mon épaule. C'est deux fois qu'elle a remis en question ma virilité. Je franchis la porte et lui donne une fessée.

« Si tu veux baiser, c'est une chose, mais ne me taquine pas. Parce que c'est comme ça que je travaille. Pas de conneries à long terme. Si vous pouvez le gérer, je suis partant. Elle continue de rire pendant que je la dépose sur le canapé.

"Oh, calmez-vous Sparky, je teste vos limites et vous, monsieur, ayez un fusible court. J'aurai besoin de savoir jusqu'où je peux aller en public. Vous savez, pour faire croire que nous sommes un couple et tout. Elle regarde sa montre comme si elle ne flirtait pas et s'offrait à moi il y a à peine deux minutes dans le garage.

« Quel est le plan pour ce soir, le dîner, l'apéritif ? Faites savoir au monde que vous en avez attrapé un vivant ? Un autre essai. Je n'arrive pas à réfléchir avec tout le sang qui afflue vers ma putain de bite. Alors, je m'éloigne et m'assois devant l'îlot de la cuisine, les coudes sur le comptoir. J'essaie de me concentrer sur autre chose que sur elle.

Je peux la sentir se rapprocher. "Sparky, je suis tellement content d'être ici avec toi." Elle s'appuie contre mon dos et enroule ses bras autour des miens. Mon souffle s'accélère, son parfum de vanille m'entoure et capte mon âme. J'ai laissé mes yeux se fermer. Sa poitrine pousse contre mon dos et je veux la baiser jusqu'à demain.

DANICA

Nous devons ressembler à un couple, donc avec cette connaissance, il devra être capable de contrôler ses besoins lorsque nous apparaissons en public. J'enroule mes bras autour de lui et l'embrasse sur la joue. « Vas-y », je murmure. "Si nous voulons ressembler à un couple, nous devons jouer le rôle." Il me tire le bras et maintenant je suis devant lui.

Capturé entre ses cuisses dures comme la pierre et l'îlot de cuisine. Ses yeux sont remplis de désir ou est-ce qu'il se moque de moi ? Cherchant sa vengeance. Je passe ma langue le long de ma lèvre et fais entrer celle du bas. Sa tête se rapproche, nos lèvres espacées d'un pouce. Mon cœur saute un battement.

Sa langue sort et glisse le long de ma lèvre inférieure, il mordille, mon souffle se rattrape et je m'ouvre pour lui. Sans protester, sa langue glisse et il prend ce qu'il veut. Je me penche contre lui et tire le coton de sa chemise pour qu'il se rapproche. Je ne m'attendais pas à ce que sa main vienne me serrer le cul mais j'apprécie plutôt ça.

Ses mains remontent sur mes côtés, touchent doucement ma poitrine, puis mon dos dans mes cheveux. Le baiser devient plus passionné. Je devrais ralentir, c'est pour le spectacle et nous ne le montrons à personne ici. Mais mon Dieu, il a si bon goût et il peut embrasser. Je sens sa main se resserrer autour de quelques cheveux et il nous sépare d'un coup sec.

Je ne peux pas nier que mes entrailles sont en feu, un baiser ne m'a jamais fait ressentir cela. Mes doigts touchent mes lèvres gonflées. «Je suis fatigué de jouer à des jeux. Préparez-vous pour le dîner, on se voit ici dans une heure, lâche-t-il et s'éloigne. Mon esprit s'emballe. Bien joué Hunter, je me rappelle de ne pas profiter de ces petits moments. Ils ne sont pas réels. C'est une mission.

Mon téléphone sonne et c'est Mark. Jessie viendra plus tard ce soir vers neuf heures pour voir ce dont j'ai besoin. Je monte à l'étage, m'arrête dans la chambre de Hunter et frappe. La porte s'ouvre et sa poitrine est nue. Mes yeux errent et trouvent le bouton de son jean défait. Les muscles définis dans le séduisant V et ses pieds sont nus également, c'est sexy comme un péché. « Quoi que vous décidiez, c'est bien, mais nous devons être de retour ici à neuf heures. Comment dois-je m'habiller ?

Il fléchit les pectoraux, « décontracté ». Sa main se tend et il glisse un doigt dans mon décolleté. J'inspire profondément et rapidement. Puis il se retire tout aussi vite. Avec un clin d'œil, il ferme la porte. Je relâche le souffle que je ne savais même pas que je retenais. Jeu sur Hunter.

Chapitre 4

HUNTER

Mon doigt picote encore au contact doux de sa peau nue. Lorsque son souffle chaud et sa voix séduisante caressèrent mon oreille, mes pensées se dirigèrent directement vers la chambre. Dentelle en satin, menottes et empreinte de ma main sur ses fesses.

Quand elle m'a dit d'y aller, je me suis dit qu'est-ce qu'il y avait, comment un petit goût pouvait-il faire mal. Elle s'est ouverte et nos langues ont dansé. Mec, avais-je tort, un goût pourrait paralyser un homme. L'envie d'avoir cette femme est insatiable. Pour elle, c'est un travail. Rien de plus. Merde, je ne voulais même pas qu'elle soit ici. Mais maintenant que je l'ai rencontrée et goûtée. J'ai besoin de savoir ce que ça fait d'avoir ses jambes enroulées autour de moi et ma bite enfouie au fond de moi.

Je soulève ma chemise du lit et respire son parfum de vanille. Putain, rien qu'une douche froide ne puisse régler. Cela ne va pas être facile. Elle est là pour me protéger, mais qui va la protéger ? Je jette mon pantalon et me dirige vers la salle de bain. La vapeur de la douche commence à remplir la pièce et j'entre dans le jet. La tête penchée en arrière, je ferme les yeux et le spray frappe ma peau.

Les images me rendent dur comme l'acier. Ses cuisses chevauchent mon vélo. Son cul serré en l'air, sa poitrine contre le capot de ma voiture. Ces beaux yeux marrons, ce décolleté indéniable et cette bouche que je peux dévorer. Je caresse ma bite à un rythme long et régulier.

Oh Danica, qu'est-ce que je peux te faire. L'image de ses lèvres gonflées autour de ma bite palpitante, sa mâchoire se relâche et l'emmène au fond de sa gorge. Oh, putain... juste comme ça.

Un coup à la porte me fait ouvrir les yeux : « Ouais, qu'est-ce qu'il y a ? ma voix se tend alors que je continue à caresser. La porte s'ouvre, oh mon Dieu oui. Viens m'achever.

"Vous avez dit décontracté ?" elle demande. Sa voix me fait basculer au bord du gouffre. Je pompe plus vite. Je vais venir, oh putain.

Je crie « Oui ! » en pensant à ses lèvres sur les miennes. Elle ferme la porte et je laisse libre cours à mes pensées, elle me menotte et me supplie d'en avoir plus, c'est suffisant pour m'envoyer par-dessus bord. De la chaleur jaillit contre le mur du fond et coule sur le carrelage. Putain, putain, putain, elle m'a tellement énervé que j'en ai encore besoin de plus. Je m'appuie contre le carrelage frais du mur du fond, essoufflé et insatisfait.

DANICA

D'accord, donc je vais dîner avec une star de cinéma et je suis censée m'habiller de manière décontractée. Qu'est-ce qu'il considérerait comme décontracté ? Je regarde quelles sont mes options. Un jean noir, parce que tu sais que le noir va avec tout et puis je vais dans le placard. Mes chemises et chemisiers sont tous alignés.

L'application météo indique qu'il sera au milieu des années 70 ce soir, alors je choisis un haut à surplis en dentelle noire. Il a un dos en T et un soutien-gorge intégré, le devant se croise en une couche, maintenant les filles en place.

Comme c'est le dîner et que je dois jouer le rôle, je glisse mes pieds dans mes talons aiguilles. Je me regarde dans le miroir et si je le dis moi-même, je nettoie plutôt bien. Mes mains passent dans mes longs cheveux bruns, puis je termine le look avec un eye-liner noir et du mascara. Quand je ferme ma trousse de maquillage, le rouge à lèvres rouge pompier me regarde. Hum... Pourquoi pas ?

Quand je suis prêt, je sors de ma chambre et tombe sur Hunter, bon sang. Ses mains agrippent ma taille et ses yeux se posent sur la peau exposée de ma poitrine. Mon pouls s'accélère alors que je le regarde apprécier mes courbes.

Quand ses yeux se posent sur mes lèvres enduites, je lèche et dessine celle du bas avec mes dents. Il prend une inspiration et ses yeux se tournent vers les miens. Je souris en sachant très bien que j'ai trouvé son talon d'Achille.

"Es-tu prêt pour le dîner?" Je hausse mon sourcil gauche ; ses mains tombent de mes hanches et le contact me manque déjà.

Il s'éclaircit la gorge et fait un geste vers le couloir. Il a l'air bien dans un jean bleu foncé, un t-shirt et une fine veste en cuir noir. Je récupère mon badge sur la table et le glisse dans ma poche arrière. Puis mon arme se glisse dans mon étui arrière, sous mon chemisier.

« L'emportez-vous partout avec vous ? Hunter demande et je souris, "ce ne serait pas non plus une erreur de débutant." Je tire les menottes et les lui jettes. Il les surprend avec surprise. "Vous pouvez les conserver."

Son sourire s'élargit et il les rejette. "J'ai le mien, mais merci", dit-il et la pensée de lui menotté, et moi en charge enflamme ma libido. Touché.

Chapitre 5

Nous entrons dans le garage et il enfourche la Harley. Je regarde mes chaussures, "Peut-être la prochaine fois." J'appuie sur le bouton sur la paroi latérale et la porte du garage s'ouvre. Hunter s'approche de moi et je lui lance mes clés. Lorsque nous atteignons le côté de la maison, mon bébé apparaît.

"Putain, pas question", dit-il en accélérant le pas. "C'est à toi ?" Je ne peux m'empêcher de sourire alors qu'il admire mon bien précieux. Une Ford Mustang 1967 gris anthracite avec des rayures noires corbeau au milieu. Un putain de bon état.

« Qu'est-ce qu'il a, ce petit six cylindres ? C'est automatique aussi, non ? Sa remarque snob m'arrête net dans mon élan. Avec attitude, je tends ma hanche. « Putain, non. Ne m'insulte pas. Hunter a l'air surpris.

« Mon bébé a un V-8. Avec une transmission manuelle de trois à vingt chevaux et quatre vitesses avec double échappement. Il secoue la tête. Ouais, je connais ma merde. Ne jugez pas un livre à sa couverture. Ce n'est pas parce que j'ai des mésanges que je ne connais pas tout.

Nous nous rapprochons et il clique sur le porte-clés, que j'ai amélioré l'année dernière, et ouvre la porte passager. Je m'y glisse et j'adore l'odeur du cuir frais et détaillé.

Hunter s'assoit et recule le siège pour que ses longues jambes s'adaptent. "Ouais, il y a beaucoup de place ici aussi", dis-je avec un rire léger. Il enfonce la clé et le moteur rugit. Le frisson ne vieillit jamais.

Il baisse les yeux sur le levier de vitesse et saisit le crâne avec des yeux rouges brillants. Je regarde sa main s'enrouler autour du visage aux os argentés. Puis il remarque mon jouet.

Le petit bouton rouge n'est pas caché, mais c'est un problème technique illégal. Il passe le bout de son doigt sur les mots qui l'entourent : « Vas-y bébé, vas-y ? Je ris : "Nitrous, on peut jouer un autre jour, j'ai faim."

HUNTER

Cette voiture est le rêve humide de tout homme, et mon petit feu craché en est propriétaire. Allez comprendre. Elle est rapide avec les lèvres et sexy comme l'enfer dans ces chaussures noires Fuck Me. Et elle a raison, il y a beaucoup de place pour baiser dans ces sièges baquets.

L'idée de la voir avec quelqu'un d'autre ne me convient pas. Je jette un coup d'œil pendant que je change de vitesse. "Est-ce qu'on y va toujours ?" Je demande et elle acquiesce.

« Il doit en être ainsi jusqu'à ce que vous partiez ou décidiez que vous ne voulez plus de protection », explique-t-elle.

Je remonte la côte et je respire l'air salin. Elle est détendue sur son siège, la fenêtre ouverte et ses pieds reposent sur le rebord de la fenêtre près du rétroviseur.

Elle allume la radio et monte le volume, tape du pied pendant qu'elle chante avec le Boss lui-même. «Bon choix», dis-je. "C'est aussi le seul patron que j'écoute." Elle sourit et bon sang si mon cœur n'a pas raté un battement, autre point commun.

À sa grande surprise, je m'arrête dans une aire de repos avec vue panoramique. Il dispose d'une aire de pique-nique qui surplombe la ville. Au bout du parking se trouve le food truck de mon pote Jax. Danica pousse la portière et sort de la voiture. C'est une beauté et le propriétaire n'est pas mal non plus. "Je me sens trop habillé." Dit-elle en époussetant son pantalon. "Ça te va bien." Je lui prends la main et ouvre la voie.

"Eh bien, eh bien, regarde ce que le chat a traîné", Jax passe sa main par la fenêtre et nous secouons. "Jax, j'aimerais que tu rencontres Danica," elle lui sourit. Je regarde ses yeux la prendre à fond, il prend son temps sur sa poitrine et ses hanches. Mec. C'est quoi ce bordel ? Elle est avec moi. Attends, non. Non, elle n'est pas.

Il me regarde et dit gentiment. Je secoue la tête, "Donnez-moi deux plats spéciaux", je me tourne vers Danica, "Tu manges de la viande, n'est-ce pas ?" Elle sourit, s'appuie sur l'étagère de fortune et lève les yeux vers Jax. "C'est l'un de mes favoris. J'apprécie une saucisse longue et épaisse. Glissez-le entre les petits pains et recouvrez-le de jus... » Elle lèche ses lèvres rouge vif et je jure que je ne peux pas devenir plus dur.

Elle lève le bras. "Oh regarde, je suis tout mouillé." elle sort quelques serviettes du distributeur et les rembourre. "Tu bave." Elle essuie le côté de ma bouche. Chienne.

"Putain de merde", dit Jax, s'éclaircit la gorge et se tourne pour préparer nos sandwichs. À l'intérieur, je suis à sa merci. Mais elle n'a aucune idée de ce que sont les offres spéciales. Danica commence à rire, car elle sait qu'elle nous a touchés tous les deux. Ouais, elle a cet effet sur les hommes.

J'ajuste ma bite et me rapproche, sa poitrine rebondit contre moi alors qu'elle rit à nos dépens. Je ne peux m'empêcher de rire. Elle a recommencé, m'a mis à genoux sans même sourciller.

Nous prenons place à la table de pique-nique avec vue sur la ville. "Désolé, c'était trop ?" demande-t-elle et je ne peux m'empêcher de rire en secouant la tête. "Non, rien chez toi n'est de trop. Je pense, je pense que tu es parfait.

Jax sort de l'arrière du camion avec deux plaques à la main. Il les pose sur la table et je ne peux pas retenir mon rire, c'est un rire plein le ventre, je ne l'ai pas fait depuis des années. Elle a peut-être déconné avec Jax. Mais il fabrique les meilleurs héros de saucisses, de poivrons et d'oignons de ce côté-ci de l'océan.

Lorsque Danica déballe son sandwich, ses yeux s'écarquillent, elle essaie de retenir son rire mais perd la bataille. C'est le son le plus étonnant que j'ai jamais entendu et j'espère l'entendre plus souvent.

"Eh bien," dit-elle en mordant dans le sandwich. Si innocent et pourtant provocateur, laissant échapper un gémissement dans le processus. Je regarde un moment avant de prendre mon propre sandwich.

En regardant la ville, j'apprécie le calme. C'est paisible et je me sens détendu pour la première fois depuis longtemps. Pas de chaos, pas de bruit de la ville, pas de femmes voulant prendre un selfie avec moi. Ou des gars qui veulent mes autographes. Pas de réalisateurs qui crient ou de Warren dans mes fesses. Juste moi et ma copine.

"Puisque je joue à une nouvelle aventure, nous devons apprendre à nous connaître." Ses coudes reposent sur la table "Parle-moi de toi." Elle s'essuie la bouche avec la serviette.

Je me penche pour qu'elle seule puisse entendre : « Mon vrai nom est Hunter Marshall, mais je ne vous l'ai jamais entendu dire. J'ai trente-deux ans et j'ai un bon appétit sexuel. Continuez à vous mordre la lèvre et vous le découvrirez. Elle porte ses doigts à sa lèvre et passe son ongle le long de celle du bas. Quelle taquinerie.

"Eh bien, nous avons des choses en commun. Sauf que j'ai trente et un ans et que je m'appelle Danica Leroux, bien sûr. Dani, si je te le permets. Elle recule : « Depuis combien de temps es-tu acteur ? Elle dépose le sandwich dans son assiette.

« Parfois, j'ai l'impression d'être dans le métier depuis toujours. Jusqu'à ce qu'un nouveau directeur arrive. Ou alors je reçois un autre scénario à revoir, puis c'est comme si je recommençais. Je hausse les épaules et Jax arrive avec nos boissons. Il ne peut pas détourner les yeux de Danica, et elle le baise un peu plus.

Je m'assois à l'écart et la regarde tirer la langue et lécher le bout de la saucisse suspendue au bout du rouleau de héros. Puis elle l'aspire lentement et la retire. Il glisse contre sa langue et Jax attrape son entrejambe pour s'ajuster et s'éloigne.

Elle rit, "Il est aussi facile que toi." Je secoue la tête.

"Arrête de déconner." Elle fait un clin d'œil et je me demande pourquoi je suis si jaloux. Pourquoi est-ce que je la laisse m'atteindre ? Elle est simple, honnête et pourtant un puzzle complet. Tout ce que je sais, c'est qu'elle est là pour faire un travail. Protégez-moi et sortez.

À un moment donné, elle sera partie et je passerai à autre chose. Alors pourquoi penser à elle avec quelqu'un d'autre me dérange autant. Je ne l'ai même pas encore eu et je ne suis pas sûr de pouvoir l'abandonner. C'est des conneries, ce n'est pas comme si je voulais quelque chose de sérieux. Je n'en suis pas capable.

DANIQUE

La conversation se déroule facilement, si je suis honnête avec moi-même, la soirée a été agréable. Bonne nourriture, bonne conversation et bel homme. Dont les yeux parcourent en ce moment mon cou jusqu'à mon décolleté. J'avale le reste de mon soda et prends les emballages pour les jeter. Hunter le suit.

Je me dirige vers la poubelle à côté du camion et Jax sort par la porte arrière. "Merci d'être passé, j'arrête pour ce soir. On est toujours là pour samedi prochain ? demande-t-il à Hunter. Ils font des câlins entre frères et des coups de poing.

Je l'embrasse dans mes bras et ses bras s'enroulent autour de moi, "Merci de me l'avoir donné... ta saucisse, je veux dire." Son hurlement résonne dans l'aire de pique-nique : « Tu es un vivant ! » il grogne puis aboie. Animal.

« Assez Jax, ne touchez pas, elle est à moi. Je ne partage pas celui-ci. Hunter s'interpose entre nous et passe son bras sur mon épaule. Très possessif, et que veut-il dire par le fait qu'il ne partage pas celui-là ? Hmm.

"Bonne nuit Jax, fais de beaux rêves," je flirte un peu plus pour appuyer sur les boutons de Hunter. Il nous tourne vers la voiture et pose sa main sur mes fesses. "J'y vais, je vois." Le rire s'échappe avant que je puisse le calmer et il me gifle les fesses. Je crie et me précipite pour ouvrir la porte et monter à l'intérieur.

Chapitre 6

"Même si ce n'était pas un vrai rendez-vous, c'est le meilleur moment que j'ai passé depuis longtemps." Il démarre la voiture et saisit le volant. "J'ai toujours su que c'était un bon moment." Je souris en retour. Il rit et je pense que pour la première fois je vois le vrai Hunter et non la star de cinéma.

Sur le chemin du retour, je reçois un texto de Jessie, il est retenu et ne peut pas venir avant tôt le matin. Cela me convient parfaitement car je suis fatigué de toute façon.

Une fois de retour à la maison, il se gare dans le garage. Je balaie les pièces et enfile mon short et mon débardeur. Hunter est monté dans sa chambre et a dit qu'il avait un appel à passer. Je m'assois devant la grande fenêtre et regarde la vague s'écraser sur le sable. Mon corps commence à se détendre et ma tête repose contre le bras du canapé, hypnotisé, je m'endors.

HUNTER

Le retour à la maison était calme, je ne peux pas la quitter des yeux et cela pourrait être un problème. Elle vérifie la maison et dit que tout va bien. Je la suis dans les escaliers et mes yeux se concentrent sur le balancement de ses hanches.

Mon Dieu, elle est en train de me tuer. Dans ma chambre, je sors mon téléphone et j'appelle Warren. "Cela pourrait être un problème", soupire-t-il dans le téléphone et commence son discours. Il est plus un père que le mien. Après l'avoir écouté divaguer pendant quinze minutes sur le fait qu'il valait mieux être protégé que pas, je l'ai interrompu. "Warren, écoute, je suis d'accord qu'elle soit là." Il se tait.

"Je l'aime bien. Elle est intelligente, impertinente, fougueuse à souhait et... elle me traite comme une personne, pas comme une star de cinéma. Personne n'a jamais fait ça auparavant. Il s'éclaircit la gorge. "Ouais, Warren, je pense qu'il est temps que je grandisse."

Nous discutons pendant environ une heure. Mais je ne voulais pas entendre sa leçon sur le fait de s'impliquer avec qui que ce soit. Et comment cela va ruiner ma carrière, et ce n'est pas le moment. Surtout que je pars en congé sabbatique. Au diable. Je ne peux pas m'occuper de lui, alors je raccroche.

J'enfile mes sweats et je descends boire un verre. Danica est allongée sur le canapé et dort profondément. Le short de pyjama court remonte sur sa cuisse. Un débardeur bien ajusté maintient sa poitrine ensemble et les cheveux noirs ondulés encadrent son visage de porcelaine. Même dans son sommeil, elle est belle.

DANICA

Le coussin trempe et l'odeur de l'après-rasage Hunter filtre autour de moi. Un léger effleurement de ma joue jusqu'à mon cou et mon pouls s'accélère. Je garde les yeux fermés pour voir jusqu'où il ira.

"Vous ne pouvez pas être réel, c'est juste un autre scénario que je répète." Il dépose un doux baiser sur ma joue. "De toutes les femmes du monde, comment un flic génial s'est-il montré exactement quand j'avais besoin d'elle." Son murmure était si subtil que je pouvais à peine l'entendre. Mais je fais. Ses doigts repoussent les quelques mèches de cheveux de mon visage et je fais semblant de me réveiller.

Je regarde ses belles émeraudes, il a l'air sincère et nerveux à la fois. "Hé quoi de neuf?" La pièce est sombre, la douce lumière vient du couloir.

"Il est tard, pourquoi n'allons-nous pas nous coucher." Il se lève et tend la main. Je suis son exemple et monte les escaliers. Lorsque nous nous arrêtons devant nos chambres, je retire ma main de la sienne. « Nuit », dis-je en attrapant la poignée de ma porte, seulement à ma grande surprise, je me retourne et me coince contre elle.

Ses yeux rencontrent les miens et mes entrailles s'enflamment. Je peux voir le désir le consumer et mon sang bouillonne de besoin. Les terminaisons nerveuses prennent vie et font trembler mon cœur. Ses lèvres descendent et il me dévore d'un seul mouvement rapide.

Mes doigts remontent dans son dos et dans ses cheveux, je le veux. Mais tout va mal, je travaille. D'un coup sec, sa tête retombe et je le fais tourner comme un suspect. D'une simple poussée, je le plaque contre sa porte et tire son poignet dans son dos.

"Putain Danica..." dit-il à bout de souffle. Je le tiens immobile et passe ma langue sur son épaule nue, jusqu'à son cou jusqu'à son oreille. J'ai besoin de le goûter. Ses yeux se ferment et je mordille sa clavicule puis je mords.

Il siffle. « Est-ce un défi assez grand ? Est-ce excitant ? Souviens-toi, c'est toi qui oses," je me moque de ses paroles et je recule. « C'est mon travail », je ne peux pas confondre personnel et professionnel. Ma main relâche son bras et je remonte dans ma chambre. La porte étant fermée derrière moi, je la verrouille.

Sainte, mère de Dieu, je le veux tellement que mes jambes tremblent. Dieu merci, mon cerveau s'est réveillé. Je pourrais perdre mon emploi, et après avoir reçu la promotion, cela n'aurait pas l'air bien. Je ne peux pas décevoir Oncle Lenny. Peut-être quand ce sera fini, mais pour l'instant je ne peux rien faire pour tout foutre en l'air.

« Tu es une bonne Danica, mais tu vas perdre. Toi et moi le savons tous les deux. J'obtiens toujours ce que je veux." Résonne à travers la porte creuse. En moins de trois secondes, je passe de l'état d'enfer à l'état de colère et d'amertume. Je ne suis qu'un défi pour lui.

Tout cela fait partie de son jeu ? Bon sang. Mais ensuite je me souviens des paroles qu'il a prononcées en bas. Quand il pensait que je dormais, ou savait-il que j'étais réveillé ? Pourrais-je avoir du désir pour un homme qui pense que les femmes sont quelque chose à conquérir ? Baise-le.

Frustré, je fais irruption dans la salle de bain attenante, claque sa porte et me brosse les dents. Une fois terminé, je saute dans mon lit et regarde le plafond, incapable de dormir. Sexuellement frustré, je me retourne et me retourne presque toute la nuit.

Chapitre 7

Les jours suivants se déroulent sans incident, avec des regards subtils et des touches légères lorsque nous nous croisons. Mais j'ai essayé de garder mes distances. Quant à Hunter, je pense qu'il me donne l'épaule froide. C'est bien, mais ennuyeux. Je marche dans le couloir. Il sort de la cuisine et me bouscule, si je ne le savais pas, je penserais que c'était exprès.

"Va te faire foutre", dis-je, pas d'humeur à entendre ses conneries. Il répond "va te faire foutre" et se place devant moi, le dos large et le cul attendant d'être frappé.

"Oh mon Dieu, c'était bien." Je gémis ma frustration sexuelle.

Il regarde par-dessus son épaule : « Qu'est-ce qui était bien ? Je me rapproche et il se tourne vers moi. "N'avons-nous pas simplement fait l'amour dans le couloir?" Je demande en riant dans ma barbe. Il s'appuie contre le mur pour m'appuyer.

"Quand nous le ferons, cela ne fera aucun doute." J'éclate de rire et il s'éloigne. "Eh bien, au moins, nous reparlons." Dis-je et j'entre dans la salle d'exercice. Avec toute cette tension refoulée, j'ai besoin de brûler quelques calories.

Tout d'abord, je monte sur le tapis roulant et je cours pendant vingt minutes, puis je passe au rameur. Je termine une séance de trente minutes et me sens un peu déshydratée alors que la sueur pénètre dans mon soutien-gorge de sport. "Ici, tu devrais boire", Hunter se tient à la porte, tenant une petite serviette et une bouteille d'eau que je dois prendre. "Merci, j'allais en prendre un."

Mon bras se tend au-dessus de ma tête et je me casse le cou. Je prends la bouteille et ouvre le bouchon en en buvant la moitié. Ensuite, j'essuie la sueur de mon front. Je m'approche du sac de boxe et commence mes coups de pied et mes coups de poing au krav maga.

"Vous faites un entraînement méchant." » dit Hunter en s'asseyant sur le vélo stationnaire. «Je vais bien. Quelque chose doit me garder aussi belle. Ses yeux parcourent mes courbes et il sourit. "Quoi?" Je m'interroge.

"Laisse-moi voir l'encre?" Ah, il a dû remarquer mes tatouages. Je me demande s'il saura ce qu'ils représentent. Personne d'autre ne l'obtient ni ne prend même la peine de demander à ce sujet.

Je me retourne et baisse mon short juste assez pour exposer tout le tatouage. Son doigt effleure ma hanche et ma colonne vertébrale. Il décrit d'abord la mustang. Sur le front du cheval se trouve le V-8 et sur sa queue se trouve le chiffre soixante-sept. Sous le cheval au galop dans l'écriture se trouve Born to Run.

« Tampon de clochard ? » il dit. "Eh bien, tu sais, des clochards comme nous. Bébé, nous sommes nés pour courir. Son sourire s'élargit. Il reconnaît les paroles de Born to Run de Bruce Springsteen.

"Votre bébé et votre patron tout en un." Ses doigts quittent ma peau et la chair de poule se forme. "Tu le sais." Il comprend, ce n'est pas difficile à comprendre, à moins que vous ne me connaissiez. Mais non seulement il comprend, mais il aime ça.

Les autres ne se soucient même pas de mentionner ou de remettre en question mon encre. Il a pris le temps d'examiner, de toucher et de comprendre tous les détails et leur signification. Je suis impressionné et touché par ce sentiment.

Je me retourne et fais face au vélo, mais avant de pouvoir faire quoi que ce soit, le verre se brise derrière moi.

Je me précipite en avant, pousse Hunter vers le bas et couvre son corps avec le mien. La piqûre dans mon dos me dit que je suis touché, et maintenant je suis énervé.

"C'est quoi ce bordel ?" dit-il en essayant de me repousser.

"Reste tranquille et tais-toi." Je regarde par-dessus mon épaule et la fenêtre a disparu, cassée sur le sol. Des éclats de verre dépassent du cadre. À cause de la piqûre dans mon dos, je parierais qu'il y en a un, voire plusieurs, qui sortent de moi également.

Un moteur de moto démarre et je me lève d'un bond. Sans réfléchir, je m'approche de la vitre cassée, je mets mes bras devant et je saute à travers. Mes pieds touchent l'herbe en contrebas, mes genoux cèdent et je roule au sol. Le coup de couteau et la brûlure me parcoururent le côté. Sans tarder, je pousse et je cours dans l'allée.

Quand j'arrive au bord, je vois une petite silhouette de personne, qui doit être une femme. Elle porte un casque noir et jaune. La moto est élégante et sacrément... une Ducati, je ne peux pas la rattraper. Je sors mon portable de mon soutien-gorge de sport et appelle Mark.

"Ducati, casque noir, noir et jaune, a lancé un APB, ne demandez pas, faites-le, putain." Je crie en essayant de reprendre mon souffle. La douleur pénètre sous mon omoplate. Avec ma main sur mes cuisses, je me penche et inspire plusieurs fois. Peut-être que j'ai trop fait mon entraînement. Quand je marche vers l'arrière de la maison, la porte moustiquaire s'ouvre brusquement et Mark et Hunter arrivent en courant.

Le sang coule sur mon côté et je grimace de douleur. "Putain de mère, suceuse de bite. Salope sur roues, pute de l'enfer. Merde. Ça brûle." Je crie, laissant les deux hommes les yeux écarquillés et sans voix.

Je me retourne pour leur montrer le verre coincé dans ma peau. Mark Radio attend une ambulance et commence à fouiller le périmètre. Hunter ne me quittera pas. L'ambulance arrive dans l'allée, tandis que l'ambulancier tire les petits éclats et grimace. Je respire quand ils ont tous fini. Quelques points de suture sont nécessaires et ils appliquent de la pommade et me donnent un film imperméable et des bandages à réappliquer pour les prochains jours.

Hunter n'a pas dit un mot. Mais à en juger par son regard et la façon dont il marche, il est énervé et prêt à botter le cul de quelqu'un. Je signe le formulaire de décharge parce que je refuse d'aller à l'hôpital. J'ai un travail à faire. L'oncle Lenny arrive en tenue de ville, il hoche la tête et nous le regardons faire le tour de la maison.

"Êtes-vous d'accord?" Hunter s'arrête et me prend la main. "Je vais bien, mais je suis énervé qu'elle soit partie. Êtes-vous d'accord?" Il me serre dans ses bras en faisant attention à ne pas toucher mon côté droit. Lorsque nous nous séparons, il admet : « Je suis un peu secoué, mais pas effrayé. Plutôt avec colère, si cela a du sens. Son front repose contre le mien et il soupire.

Je lui donne une minute puis je recule. Nous entrons dans la maison et nous dirigeons directement vers la salle d'exercice. Le verre est partout, mes yeux vont d'un coin à l'autre et sur le côté se trouve une brique.

"Rends-moi service, cours à l'étage, j'ai un sac à côté de la table de nuit, prends-le pour moi." Il hoche la tête et sort en courant. Quelques minutes plus tard, il apparaît avec Mark à ses côtés. Il me jette le sac et j'en sors des gants en latex. "Tu as raison." » demande Mark, mais l'expression de son visage me dit qu'il n'est pas content de voir mon dos couvert de sang. "Mieux maintenant."

Avec les gants, je soulève la brique, sur le côté Il est à moi, tu horin un marqueur noir apparaît lorsque je le tourne. Je ris de la déclaration et les deux gars me regardent perplexes. "Eh bien, on dirait que nous avons affaire à une femme jalouse, et en plus elle est analphabète." Je place la brique dans un sac de preuves et envoie un message à Jessie pour qu'elle apporte quelque chose pour sceller le trou vide dans le mur.

Mark dit qu'il me parlera plus tard. Il prend le sac de preuves avec nos déclarations et commence à se diriger vers la porte. Je suis : « Qu'est-ce qui me manque ? Je demande, parce que je connais son regard et son regard me dit qu'il y a peut-être quelque chose que je ne sais pas.

« Il y avait une menace. Deux en fait. Mark sort son téléphone de sa poche et je regarde les photos en m'appuyant contre sa voiture. Sur la première photo, il y a une photo de Hunter et moi assis au restaurant l'autre soir. Il y a un X rouge sur mon visage.

L'autre est nous sur le canapé. Je mange du pop-corn, le visage droit devant moi, et Hunter a les yeux fixés sur moi. Il y a un X rouge sur Hunter. Cela signifie que nous avons un problème de sécurité. Je transmets les photos sur mon téléphone. Je ne laisserai rien lui arriver. Je jure.

Je cours dans le salon et retire les fils des murs. Hunter entre et m'arrête. "Ecoute, je sais que tu es en colère contre le fait qu'ils se soient enfuis, mais ne détruis pas notre maison à cause de ça." Il dit en m'éloignant de la télé « Pas de sécurité, il y a des photos de nous ici. J'ai besoin que tout soit débranché, tout le Wi-Fi devient noir jusqu'à nouvel ordre.

«Merci de m'avoir mis au courant. Puisque Jessie est en route, je vais lui demander de nettoyer la maison et je retournerai à la sécurité de la vieille école. Ayez des voitures de patrouille toutes les heures et je serai avec lui vingt-quatre heures sur vingt-quatre et sept jours sur sept. Mark hoche la tête et attrape la poignée de la porte d'entrée. "Restez en sécurité, Dani." Ses yeux pleins d'inquiétude ne me rassurent pas face à la situation.

Chapitre 8

Quand je rentre dans le salon, Hunter semble absent. Il va et vient dans le couloir et passe ses doigts dans ses cheveux puis sur la peau de son visage.

« Je vais aller prendre une douche. Tu es sûr que tu vas bien ? Je demande. Il ne semble pas être lui-même. Il me fait signe de partir. "Restez loin des fenêtres, d'accord." Je dis pour plaisanter et il tourne sur ses talons : "Ce n'est pas une putain de blague Danica, tu es blessée."

« Ouais, ouais, mais je suis dur, n'est-ce pas ? Écoute, je vais bien ! Je remue les fesses et monte les escaliers deux à deux. Ces vêtements doivent être enlevés et je dois réévaluer la situation. Sans réfléchir à Hunter, j'entre dans la salle de bain et j'ouvre la douche. Le jet provient du plafond et des jets sur les côtés. Mon short et mon string tombent au sol et j'ouvre le soutien-gorge de sport et le laisse tomber de mes bras.

Une fois à l'intérieur, je pose ma tête sur le carrelage frais en faisant attention à ne pas laisser mon dos se toucher. Femme, moto, menace, et maintenant elle s'en prend à moi. Le stress s'installe dans ma poitrine alors que la réalisation frappe fort. Je suis la cible.

Je le mets en danger et je ne peux pas être responsable de sa blessure. Je ne me le pardonnerais jamais. Je tiens trop à lui. Il est plus qu'un travail à ce stade, que je puisse le dire à voix haute ou non n'a pas d'importance. Je l'aime beaucoup. Il est entré dans ma peau et même dans mon cœur.

Des bulles de panique sortent du creux de mon estomac. C'est la première fois de ma carrière que je sens que ma vie est hors de contrôle. Cela n'aurait pas pu arriver à un pire moment. Un moment où je peux tomber amoureux de la personne que je dois protéger.

« Merde, Chasseur ! » Mon pied piétine le sol carrelé. « Merde, merde, merde... » Je me penche en arrière et ferme les yeux. L'adrénaline commence à baisser et maintenant la peur s'installe. Mes émotions sont vives et accablantes, les larmes s'échappent. Protéger et servir, c'est mon travail. Mais je ne me suis jamais inquiété pour moi. Comment vais-je protéger Hunter quand j'ai la cible sur le dos ?

HUNTER

Elle est complètement folle, c'est ce qu'elle est. Elle a plongé sur moi puis a sauté par une fenêtre pour poursuivre le harceleur. Elle a sauté par une putain de fenêtre. Mon adrénaline m'énerve tellement.

Pour elle, ce n'est pas grave. Elle est à l'étage en train de prendre une foutue douche. Comme si c'était juste un autre jour. Ce n'est pas. Elle a risqué sa vie pour moi. Elle est blessée à cause de moi et maintenant je découvre que quelqu'un nous surveille, chez moi, et la cible.

Putain ! Comment puis-je assurer sa sécurité ?

J'allais lui parler, lui dire que j'aimerais que nous soyons anus, lui faire savoir ce que je ressens et je veux voir où cela pourrait mener. J'ai pensé qu'après son entraînement, nous pourrions peut-être avoir un vrai rendez-vous, faire un tour en Harley et remonter la côte. Fini ces fausses conneries.

Je ne veux pas nier mon attirance pour elle. La pensée d'elle blessée et du sang. Cela m'a bouleversé. Cela m'a fait paniquer et j'ai réalisé que même si nous venons de nous rencontrer, je tiens à elle. Je ne me suis jamais soucié d'aucune des femmes avec qui j'ai été. Toutes ces années, j'ai été un vrai con. Mais avec elle, c'est différent. Je ne peux pas l'expliquer. Elle me donne envie d'être moi, pas Hunter Ford l'acteur, mais le vrai moi – Hunter Marshall.

Après tout ce temps, j'étais perdu dans ce rôle. Mais maintenant, je me suis retrouvé, et c'est grâce à elle. Elle est unique en son genre, différente et réelle, pas fausse comme les femmes que je vois habituellement. Elle est exactement ce dont j'ai besoin, et je ne savais même pas que j'avais besoin de quoi que ce soit. Putain, je n'attends plus, je dois lui dire.

Je monte les escaliers en courant et entre dans ma chambre. Il y a de l'eau dans la douche. Ma chemise touche le sol et j'ouvre avec précaution la porte de la salle de bain attenante. La vapeur remplit la pièce mais sa silhouette apparaît clairement à travers la vitre.

Elle s'appuie contre le mur du fond, les mains sur le visage. J'entends les tremblements dans sa respiration, elle pleure. Ma fille, ma fille courageuse, confiante et fougueuse s'effondre. À l'intérieur, ça me serre le cœur et juste comme ça, elle prend un autre morceau de moi.

DANICA

L'air frais entre lorsque la porte vitrée s'ouvre. Hunter intervient, toujours vêtu de son short. Je suis une épave émotionnelle et j'essaie de cacher mon visage. Je m'en fiche s'il voit mon corps, mais je déteste qu'il m'ait vu maintenant dans un moment de faiblesse.

Les larmes continuent de couler et le regard inquiet dans ses yeux me frappe au cœur. Sans un mot, il s'avance et me prend dans ses bras. Je ne résiste pas ; en ce moment j'ai besoin de ça et j'ai besoin de lui. Mes bras s'enroulent autour de ses hanches et je le rapproche. Le contact peau contre peau est suffisant pour détourner mon attention de la peur.

«Je voulais m'assurer que tu vas bien. Le verre s'est brisé et, comme une putain de Wonder Woman, tu as sauté à travers des éclats. Je ne peux m'empêcher de rire. La façon dont il me décrit, on pourrait penser que j'étais quelque chose de spécial.

« Toute la journée de travail », ma joue repose contre sa poitrine et je regarde l'eau cascader entre nous. De petites rivières glissent sur son torse.

Il me serre fort puis recule, "Tourne-toi." Je fais ce qu'on me dit et tends mon cou dans la chaleur de l'eau. Ses mains glissent sur mes côtés et sur mes omoplates. Puis redescendez en faisant attention à ne pas vous approcher de mes blessures. Lorsqu'ils glissent sur mon abdomen, je lève mes mains à plat sur le carrelage frais pour me préparer et permettre l'accès.

Lorsqu'il prend ma poitrine, ses doigts tremblent contre ma peau. Sa respiration devient rigide, "Danica ?" Mon corps réagit. Mes mamelons cailloux et leur noyau se resserrent. Je laisse ma tête retomber et serre mes cuisses dans l'espoir de soulager la douleur entre elles.

Il me tire vers sa poitrine et je halete au contact de la peau. "Est ce que je t'ai blessé?" chuchote-t-il pendant que ses lèvres embrassent mon cou. Je secoue la tête, incapable de former des mots. Non, pas encore.

«Je voulais te parler aujourd'hui, mais de tout ce qui s'est passé. Je pense que les actions sont plus éloquentes que les mots. Il prend mes mains dans les siennes et nos doigts s'entrelacent. Le baiser devient plus fort. Rempli de passion et de désir alors qu'il voyage le long de mon épaule et de mon cou. Je laisse ma tête retomber et gémir. Il mordille puis mord fort juste en dessous de mon oreille.

Mon souffle se coupe et mon corps lui répond. Il enlève une main et le tissu de son short glisse le long de l'arrière de mes jambes. J'ai besoin de ça, je veux ça.

Sa bouche ouverte m'embrasse dans le dos et mon cerveau se détraque. Lorsqu'il atteint ma nuque, je déplace mon bras au-dessus de ma tête et passe mes doigts dans ses cheveux. Ne voulant plus attendre, je me retourne et l'attire dans un baiser.

Nos langues tango, pendant que mes mains sculptent ses abdominaux, ses doigts se resserrent sur mes hanches à chaque mouvement. Ma main continue le long de son torse et j'enroule mes doigts autour de sa queue dure, siffle-t-il. "Danica, ça arrive, ce n'est pas un rêve, n'est-ce pas ?" Je le caresse longuement et lentement, il laisse échapper un grognement sourd, ses lèvres s'écrasent sur les miennes, me dévorant une fois de plus.

"Hunter..."

Ses mains glissent sur mes fesses jusqu'à mes cuisses. Je lui ouvre, l'invitant à aller plus loin. Il se penche et prend mon téton dans sa bouche et je jure que mes orteils commencent à se recourber. Alors qu'il pince l'autre, cela me touche le cœur. Je suis prêt à dépasser les limites en haletant et en me tirant les cheveux.

HUNTER

Sa peau douce comme de la soie, un goût qui lui est propre ; c'est ma nouvelle dépendance. Je suce son mamelon et sa peau prend vie tandis que son corps tremble contre le mien. La piqûre de ma morsure la fait gémir.

Cela m'excite car cela résonne contre les parois de verre. J'enduis deux doigts de son excitation et je glissais dedans et dehors à un rythme régulier. Son bassin tourne pour plus. Qui suis-je pour la refuser ? Je pose mes deux mains sur ses fesses et la soulève du sol, la pressant légèrement contre le mur carrelé. Ses jambes s'enroulent autour de mon dos et je laisse échapper un grognement sourd.

"Danica, tu me rends fou." Ma bite à son entrée, je fais pivoter mes hanches.

"Arrête de me taquiner et baise-moi déjà." Dit-elle et aspire ma langue dans sa bouche. D'un seul mouvement rapide, j'ai poussé fort et si profondément que je jure que je l'ai déchirée en deux. Ses murs serrent ma bite mais je ne m'arrête pas. À l'intérieur comme à l'extérieur, les sons des claquements de peau résonnent dans la pièce. Tandis qu'elle me rencontrait poussée pour poussée, je glisse ma main sur ses fesses.

Mes doigts encore couverts de son excitation glissent entre le pli et j'appuie. Son bassin avance quand je brise le sceau et elle crie : "Ah, Hunter, putain, je vais venir !" Avec ma bite enfouie au fond de sa chatte tremblante, j'ai poussé plus vite en faisant entrer et sortir mon doigt. "Regarde-moi quand tu viens", ses yeux s'ouvrent, remplis de passion et de désir.

"J'emmerde le défi, ose, quoi que ce soit, tu es à moi." Je dis et son corps prend vie et elle tremble, se débat et elle crie mon nom à la quatrième poussée et gratte ses ongles dans mon dos alors que son apogée explose.

La chaleur d'elle m'envoie en spirale. Je pousse et gémis son nom, "Dani" alors que je me vide par de longues giclées chaudes et qu'elle traite ma bite à sec. Elle est à moi.

J'ai l'impression d'avoir attendu une éternité pour me sentir aussi bien. Je n'ai jamais joui aussi fort. Je cherche de l'air tout en tenant son corps mou contre le mien. À bout de souffle, "Je n'aurais pas dû être aussi dur." Je m'excuse et l'embrasse de haut en bas dans le cou.

Un soupir s'échappe de son corps épuisé : "Ce n'était pas dur, c'était parfait." Ma bite se contracte alors qu'elle est encore semi-dure et elle lève la tête de ma poitrine. "Sérieux?" Je remue les sourcils. "Je ne peux pas m'en empêcher, comme tu as dit que tu étais ma meilleure aventure."

Nous laissons l'eau rincer notre corps et je sors pour récupérer deux serviettes. J'en enroule un autour de ma taille et un autour de Danica. Puis je la prends dans mes bras, la serre dans mes bras et me dirige vers sa chambre.

«Tu m'as appelé Dani», dit-elle à moitié endormie.

"Je l'ai fait." J'acquiesce.

"Seule ma famille m'appelle Dani." Je baisse les yeux, avec toute l'agitation de ce matin, l'exercice et le meilleur sexe que j'ai jamais eu, elle dort profondément.

Dès que sa tête touche l'oreiller, son corps bouge et elle retombe dans un léger sommeil.

«Peut-être qu'un jour je serai une famille», dis-je plus pour moi que pour qu'elle l'entende. Je prends la pommade et l'applique sur les coupures dans son dos, puis je les recouvre avec les bandages laissés par l'ambulancier. J'embrasse son encre, reconnaissant qu'elle n'ait pas été gâchée et je prends un moment pour apprécier la femme devant moi.

Chapitre 9

Cela fait deux jours de regards habituels et de plaisanteries ludiques. Danica n'a fait aucune allusion ni suggestion pour aller plus loin. En fait, nous avons eu une brève discussion au cours de laquelle elle m'a dit que cela ne pouvait pas arriver, pas pendant qu'elle était au travail. Je comprends d'où elle vient et je peux comprendre son point de vue, mais bon sang. Je veux que tout le monde sache que c'est ma copine. Pour de vrai.

Chaque soir, je me couche et je pense à être au plus profond d'elle. Plusieurs fois, j'ai dû m'empêcher d'entrer dans sa chambre pendant qu'elle dormait. Je voulais juste la serrer dans mes bras, mais je savais qu'elle ne le permettrait pas. Aussi têtue qu'elle soit, si je veux que les choses s'arrangent entre nous, je dois suivre les règles. Ses règles.

C'est tellement dur, parce que je n'ai jamais ressenti ça auparavant. Est-ce bizarre que mes bras ne la tiennent plus ? Suis-je fou de rêver de l'embrasser ? Et ne parlons même pas à quel point ma bite veut revenir dans sa petite chatte gourmande.

Nous n'avons pas beaucoup quitté la maison, et en la regardant caracoler dans ses chemises coupées et ses shorts moulants, eh bien, je suis au point d'ébullition. J'ai des boules bleues pour crier à haute voix. Heureusement, c'est samedi et Jax et la bande viennent passer du temps.

J'entre dans le salon et m'assois sur le canapé. Danica s'allonge et pose ses pieds sur mes genoux. Aujourd'hui, elle porte un short en jean Daisy Duke et une autre de ses chemises coupées. Ma main frotte ses jambes en soie pendant que nous regardons la télévision.

"Pourquoi ne pas aller un peu à la plage, ou même au bord de la piscine ?" dit-elle en parcourant les chaînes. Oui, l'air frais me fera du bien. Je ferai tout pour sortir de cet espace rapproché. Si je ne le fais pas, je vais l'emmener dans ma chambre et elle ne partira jamais. Règles ou pas de règles, il n'y a qu'un nombre limité de fois où un mec peut se branler avant d'avoir besoin de la vraie chose.

« Ouais, n'oublie pas que Jax et le gang viennent plus tard. Nous allons faire un barbecue, nous devons donc nous arrêter au magasin. Elle se lève du canapé et s'étire, et sa chemise remonte pour exposer son torse tonique.

Ma bouche devient sèche. « Finissons les courses », lui dis-je parce que j'ai hâte de la voir en bikini. Aujourd'hui, ça va être une lente torture à moins que je sois bientôt libéré.

DANIQUE

Faire des courses avec Hunter, cela pourrait être intéressant. J'apprécie qu'il garde ses distances et ne fasse aucune avance, mais ça me rend fou. Après notre temps sous la douche, je le veux plus que jamais. Et du fait qu'il respecte ma décision, mon cœur s'ouvre un peu plus vers lui.

Nous prenons le Hummer en ville et la conversation est légère. Nous discutons de ce que nous devrions manger en termes de nourriture et bien sûr, l'alcool est un must. Puisque Mark sera là ce soir, je peux baisser un peu ma garde. Mais avoir une cible dans le dos me met mal à l'aise.

Hunter pousse le chariot alors que je marche devant. Je prends de la laitue, du céleri et des oignons. Quand je m'arrête devant les concombres, j'en ramasse un et me tourne vers lui. Mes doigts glissent sur le côté et redescendent en caressant le fruit vert. Son regard se concentre sur le mouvement. "Saviez-vous que c'est épais, ferme... mmm." Je glisse ma langue sur la peau côtelée vert foncé, "est entièrement comestible et est en fait un fruit, pas un légume". Les yeux mi-clos, il s'éclaircit la gorge et détourne son attention.

"Oh ouais." Il à répondu. Je place le concombre dans le panier et me dirige vers les tomates. Avec une dans chaque main, je fais tourner les tomates italiennes mûres entre mes doigts, en les massant si vous voulez. "Et celles-ci, les balles doivent avoir le bon toucher, pas trop fermes, mais pas toutes ridées et affaissées non plus."

Il me cogne la hanche avec le bout du chariot. Je bats les yeux et affiche un visage innocent, puis je me lèche les lèvres. "Tu ne joues pas honnêtement, Dani," sa voix est pleine de désir, ses yeux sont vitreux. Si ce n'est pas la chose la plus sexy que j'ai jamais vue.

Je fais le tour du chariot et pose ma main sur son épaule. Je me penche et l'embrasse sur la joue. "Désolé, je ne peux pas m'en empêcher." Il hoche la tête et fait avancer la voiture. Nous prenons quelques sacs de chips et nous dirigeons vers le rayon viande.

"N'y pense même pas." Ses yeux lancent un signe d'avertissement alors que je ramasse un paquet de quatre kielbasa. Incapable de contrôler mon étourdissement, je le laisse sortir. Oh, il est trop facile. « Très bien, alors allons-y. J'ai chaud et j'ai besoin de nager. Nous faisons nos achats et nous arrêtons au magasin d'alcool à côté. Après avoir rempli l'arrière du Hummer, nous retournons en silence à la maison de ville.

Une fois tout rangé, je m'excuse pour me préparer. Le temps m'a échappé et ses amis seront là dans quelques heures. Alors que je monte les escaliers, je me fais claquer le cul : « C'était pour quoi ça ? Je regarde par-dessus mon épaule et Hunter sourit. "Désolé, je ne peux pas m'en empêcher." Il m'imite et rit.

"Eh bien, ça va être une longue nuit pour toi Hunter Marshall - Continuez!" Je cours en courant dans ma chambre et je pense à toutes les façons dont je pourrais le torturer ce soir devant ses amis. "Ça va être amusant!"

Chapitre 10

Avec mes cheveux relevés en queue de cheval haute, j'enfile ma combinaison une pièce. Dans le garage j'ai remarqué quelques planches de surf, il est temps de se lâcher et de s'amuser. Je ne prends pas la peine d'attendre Hunter, je prends la petite planche et prends de la cire sur l'étagère. Il ne me faut pas longtemps avant de franchir les dunes et d'observer, chronométrer les vagues qui se brisent le long du rivage.

Une fois la cire appliquée, je cours dans l'eau salée fraîche. La profondeur de l'eau s'élève à environ cinq mètres. Je m'allonge sur le ventre et je pagaie jusqu'à la sortie. Avec mes jambes de chaque côté de la planche, je la chevauche et regarde vers la maison de ville. Il en sort une magnifique star de cinéma, bon sang, il va bien. Il saute sur la planche et pagaye dans ma direction.

« Y a-t-il quelque chose que vous ne pouvez pas faire ? » dit-il en s'asseyant et en chevauchant la plus grande planche. Je souris et je pense à ce que mon père m'a toujours dit : tu peux aussi faire tout ce que je veux. Je secoue la tête. "Je suis toujours prêt à essayer quelque chose de nouveau." Il gémit.

HUNTER

Elle est incroyable. Je descends de la dune et regarde son beau corps pagayer au-delà de la première série de vagues qui s'écrasent. À première vue, elle sait ce qu'elle fait. Non seulement elle est intelligente, forte et belle. Mais elle a de l'expérience, elle aime les choses que j'aime et, plus important encore, elle m'aime quand je suis tout simplement mon vieux moi. Pas la star de cinéma.

Elle ne se soucie pas de l'argent ou de la célébrité. Merde, elle est tellement terre-à-terre, je parie que si j'arrêtais et ne gagnais plus jamais un centime, cela n'aurait pas d'importance, tant que je la rendais heureuse. Et je veux la rendre heureuse.

Je pagaye à côté d'elle et l'observe alors qu'elle chronomètre la vague suivante, son corps se penche sur la planche. Ses bras repoussent l'eau à longs mouvements. Une fois que le pic commence, elle monte et descend la vague. La coupe dans l'eau et sa glisse se font sans effort. Elle réduit à nouveau au fur et à mesure que la vague se plie et elle prend le tonneau comme une pro. Le sourire sur son visage me fait fondre le cœur. J'aimerais pouvoir la voir heureuse tous les jours, elle est magnifique.

Nous passons environ une heure à discuter légèrement et à nous relayer sur les vagues. Lorsque la marée commence à changer, nous retournons à la maison. Comme une pro, elle prend la dernière vague et, vous ne le savez pas, j'efface. Elle rit tout le long de la dune. Mais ça me va. Tout me convient tant que nous sommes ensemble.

«Je vais aller me changer. A bientôt," dit-elle en faisant monter son petit cul dans les escaliers. Qu'est-ce qu'elle m'a fait ? Je suis devenu tellement domestiqué.

A la maison, avec ma femme. Je n'ai aucune envie de sortir et de faire la fête et de ramener à la maison la prochaine femme, ou toute autre femme d'ailleurs. Je la veux et seulement elle. Comment puis-je lui faire comprendre qu'elle est là pour moi.

Je reste dehors et me rince sous la douche extérieure, l'eau salée coule le long de mes jambes. En tirant, la fermeture éclair descend dans mon dos et j'enlève ma combinaison. Je prends une serviette et l'enroule autour de ma taille, puis je monte me changer.

Chapitre 11

DANICA

J'enfile mon bikini bleu royal et laisse échapper un léger rire, l'eau salée et les vagues m'ont réveillé et je suis prête à m'amuser. J'enfile une chemise trop grande et décide d'y aller pieds nus. Dans mon sac à cordon, j'ai mon huile de bronzage, ma serviette de plage moelleuse et j'y jette mon badge et mon pistolet. Même si nous sommes à la maison et que Mark est dehors, je ne serai jamais trop prudent. Attends... est-ce que je viens d'appeler ça ma maison ? Hein, quand ai-je commencé à considérer ça comme ma place ? Peu importe.

Dans la cuisine, je sors des bols pour les chips et la trempette. Le temps passe et je jure que Hunter met plus de temps que les femmes à se préparer. On frappe à la porte alors je regarde à travers tout et je vois son ami Jax brandir une caisse de bière.

Derrière lui se trouvent deux autres gars et quelques femmes debout sur le côté. J'ouvre la porte et salue les visiteurs : « Bienvenue, entrez. » Jax intervient et me prend dans ses bras.

"Hé, ne touche pas à ma copine. Je pensais vous avoir déjà prévenu. La voix de Hunter résonne dans le hall.

"Détends-toi Sparky, il te dit bonjour." Je sors de l'étreinte. Le bras de Hunter s'enroule autour de ma taille et il me ramène contre lui. Son devant dans mon dos. Il tend la main et serre la main de Jax, puis présente Derek et Tommy. Qui à leur tour présentent Kimmy, Kenzie et Brianna.

Alors qu'ils se dirigent vers l'arrière-cour, je m'arrête devant le réfrigérateur et prends de l'eau. "Ça va ?"

La voix rigide de Hunter me murmure à l'oreille. Je respire son odeur.

"Ouais, pourquoi ne le serais-je pas ?" Avec un léger contact de ses lèvres, il embrasse sous le lobe de mon oreille, envoyant de la chaleur dans mon cœur. Puis il est parti.

Je ferme la porte moustiquaire et vois que tout le monde s'est installé confortablement. Le seul espace restant se trouve au bas de la chaise longue de Hunter. Je lui tape la cuisse, il ouvre les jambes sans poser de questions et je m'assois contre lui. Ses mains frottent mes bras. C'est alors que commencent les questions.

Mon corps se tend et Hunter répond sans hésiter. Comment nous sommes-nous rencontrés ? "Elle m'a surpris la première fois que nous nous sommes rencontrés, elle m'a aussi coupé le souffle et m'a mis à genoux." Depuis combien de temps sommes-nous ensemble ? "Quelques semaines, mais cela semble être une éternité." Quels projets avons-nous pour l'after party de la première ? Bla, bla, bla.

Les filles me racontent tous les potins du quartier, puisque je suis nouvelle et qu'on s'entend très bien. Je peux les voir devenir mes amis, si je reste assez longtemps. Le bol de chips est vide alors je vais chercher un autre sac. À mon retour, Hunter se tient près du grill et je prends un moment pour l'admirer.

Son short tombe bas et son V me surprend alors qu'il enlève sa chemise. Dieu a brisé le moule en le créant. Il est tonique aux bons endroits. "Mes yeux sont ici", il imite les mots que je lui ai dit une fois et je lève les yeux au ciel. Très bien, je suis surpris en train de rester bouche bée, alors poursuivez-moi en justice.

Après avoir rempli les bols, je m'approche de la piscine et plonge mon orteil dedans pour vérifier la température. C'est parfait. Alors que je me retourne pour retirer ma chemise, je suis poussé et, avec mes bras agités, je m'éclabousse dans les profondeurs. Ayant pris l'air et prêt à me venger, je saisis l'échelle et me hisse d'un coup sec.

Bien sûr, les gars sont tous rassemblés et rient à mes dépens. Mais les dames ne le sont pas, elles ont toutes des regards surpris. La vengeance est une chose merveilleuse et je sais exactement où le frapper. Il regrettera de s'être moqué de moi.

Je fais passer la chemise trempée jusqu'à mes cuisses, révélant le bas de mon bikini à cordes. Le rire de Hunter s'arrête. Je me concentre uniquement sur lui tandis que je lèche l'humidité de mes lèvres et remonte la chemise. Mon ventre se dévoile puis mes seins. Il s'éclaircit la gorge et je le tire par-dessus ma tête et le lui lance.

"Oh Sparky, regarde ce que tu as fait." Je me penche et glisse mes mains sur mes jambes et m'arrête entre mes cuisses. "On dirait que tu m'as tout mouillé." Je penche la tête sur le côté.

Ses yeux se plissent. Je déplace mes doigts vers le bord du bas de bikini, je les glisse derrière le tissu doux et je le fais glisser sur la couture. Quand il amène ses yeux remplis de désir vers les miens, je me mords la lèvre inférieure et la traîne.

En trois enjambées rapides, sa bouche est sur la mienne et je recule avec lui dans mes bras et tombe dans la piscine. Quand nous arrivons, il essaie de m'attraper, "J'ai pensé que tu pourrais avoir besoin d'un peu de refroidissement." Je ris et nage jusqu'à l'échelle. Il secoue la tête sachant que je l'ai bien joué.

Depuis le patio, les filles rient et les gars hululent et hurlent. « Oh, vous avez rencontré votre partenaire Hunter. Elle est vraiment géniale ! » Kenzie dit et les autres filles sont d'accord en tapant dans la main tout autour.

Nous profitons de la soirée pour discuter, raconter des blagues et apprécier l'air du soir. Le foyer et les cocktails ont été un grand succès, et les restes sont déjà partis. Nos invités sont tous partis et mon corps me fait mal à cause des vagues cet après-midi. Je dois m'asseoir quelques minutes avant de nettoyer le reste.

L'air chaud du soir s'installe dans l'obscurité alors que je m'allonge sur la chaise longue. Je fixe les bretelles de mon bikini et regarde les ondulations blanches de l'eau salée caresser la plage de sable en contrebas. Être sur les vagues aujourd'hui avec lui était agréable. Pas de téléphone, pas de garde du corps, il n'y avait que lui et moi.

Un faible gémissement rauque fait que mes yeux se tournent vers la gauche. L'homme dont j'ai envie est assis sur la chaise longue à côté de moi, ses lunettes de soleil ont disparu depuis longtemps. Ses cheveux noirs sont en désordre. Ses yeux émeraude affamés, dévoraient ma chair comme si j'étais sa proie. Mes entrailles s'animent et la chair de poule se forme.

"Je suis dur comme de la merde depuis ce matin." La veine de son cou palpite en fonction de la rapidité de sa respiration. Une main entre ses jambes fait de longs coups avec sa queue. L'autre sur la chaise pour supporter son poids. Je ne peux m'empêcher d'être excité, mes lèvres sèches. Je passe ma langue dessus. Toutes les insinuations sexuelles m'ont rattrapé.

« Tu m'as fait ça. Chaque jour depuis ton arrivée, j'ai été dur. Pourtant tu me rejettes. Je n'ai donc d'autre choix que de jouer avec moi-même, pendant que je pense à toi. Parce que tu es tout ce que je veux. La douleur dans ses yeux me serre le cœur. Je ne veux pas lui faire de mal.

"Nous avons discuté de notre situation et du fait que nous ne pouvons pas être ensemble." Ses yeux parcourent mon corps, "alors ça devra suffire." Dit-il et il caresse plus vite.

Merde, quelle excitation. Je suis mouillé et j'ai envie de son contact. Nous ne pourrons peut-être pas être ensemble, mais qui a dit que nous ne pouvions pas nous entendre ? "Si tu peux, je peux." Je dis et je glisse mes doigts sur les monticules supérieurs de ma poitrine.

Mes doigts glissent sur la peau nue. Je fantasme que c'est lui qui me touche. Sa poussée vient plus vite. Je déplace ma main et tire sur mon mamelon en galets et laisse échapper un gémissement subtil alors que mon dos se cambre hors du salon. Il se lèche les lèvres et ses yeux suivent mes doigts, remplis de désir, me guidant où aller.

Mes doigts dansent sur mon ventre nu. Il s'assied et caresse encore. Je fais glisser le bas de bikini vers le bas et écarte les jambes. Mes doigts remontent le long de mes cuisses et s'arrêtent à mon entrée. Avec deux doigts, j'étends mon excitation et applique une pression sur mon clitoris, haletant.

"Baise-moi..." sort de ses lèvres et le flot de jouissance frappe le carrelage du patio à côté de moi. Je regarde l'orgasme filtrer à travers lui et cela me fait basculer au bord du gouffre. Mon besoin de plus me fait glisser mes doigts et utiliser mon pouce contre mon clitoris. Mes yeux se ferment et le point culminant monte. Le seul bruit est notre respiration laborieuse et mes plis lisses qui deviennent de plus en plus humides.

"Pas question, putain, Dani, c'est à moi", j'entends, et mes doigts glissent et sa bouche se couvre alors que sa langue glisse dedans. "Ah, mon Dieu." Je crie. Son contact envoie mon cœur dans des convulsions. Il suce la boule de nerfs. Sa barbe soignée frotte contre l'intérieur de mes cuisses et toutes les sensations combinées me font passer à la vitesse supérieure.

Je glisse mes doigts dans ses cheveux en le tenant contre moi, je pousse mon bassin et je baise sa langue. Lorsque mon point culminant éclate, je crie son nom pour que le monde entier l'entende. Avec mon excitation sur ses lèvres, il se penche et me laisse me goûter alors que je descends du haut.

Il s'assoit et reprend son souffle. Je le repousse sur sa chaise longue et lui demande : « Qu'est-ce qui ne va pas Sparky, la chaleur t'atteint ? Je ris en sachant que c'est loin d'être terminé, mais nous devons arrêter, nous sommes encore allés trop loin.

"Non, je revendique juste ce qui m'appartient", dit-il en léchant mon excitation de ses lèvres. Mon cœur frémit.

"Tu sais vraiment comment baiser avec les gens, Danica. Je ne suis pas sûr de pouvoir me contrôler encore longtemps », avoue-t-il, et cela me rappelle le premier jour. Est-ce un autre défi ou une conquête pour lui ? Voudra-t-il toujours de moi une fois le travail terminé ? Peut-être que je devrais tout arrêter, pour me protéger de m'enfoncer trop profondément.

Quand je dis « éteignez-le », je veux dire tout cela. Le flirt, les plaisanteries et surtout les actes sexuels. À partir de maintenant, en ce qui me concerne, nous n'existons plus.

« Cela doit cesser. Plus de Hunter, comme je l'ai dit : j'ai un travail à faire. Il se lève et la colère envahit son visage. "Eh bien, je pensais..." Ses poings se sont levés sur ses côtés quand j'ai coupé court à ses mots, "Je pense que nous devons ralentir, jusqu'à ce que je ne sois plus au travail." J'essaie d'expliquer.

« C'est tout ce que c'est ? Je ne suis qu'une putain de mission pour toi, n'est-ce pas ? Dites-moi, Danica, êtes-vous payée en plus pour ce que nous avons fait sous la douche, ou recevez-vous un bonus pour ce qui s'est passé ici ce soir ? Il passe la main dans ses cheveux et sur son visage. "Que dirais-tu d'une promotion, est-ce que tu as une putain de promotion si le gars que tu baises tombe amoureux de toi ?" Il est tellement énervé.

« Va te faire foutre, Chasseur. Ne fais pas ces conneries avec moi. Tu sais pourquoi je suis ici. Il se précipite vers la maison. Qu'est-ce qui vient de se passer? Nous passons d'amusant et lubrique à colérique et méchant. C'est comme le chaud et le froid. Ici, je tombe amoureux de Hunter Marshall, l'homme qui s'est assuré qu'il prenait soin de moi et me faisait crier son nom. À ce connard qui se tenait devant moi, ce connard a collé la star de cinéma Hunter Ford.

"Je pensais que tu étais différent, je pensais que peut-être, juste peut-être." Il fait coulisser la porte moustiquaire et s'arrête. « Vous gagnez Danica. Je ne te dérangerai plus. Je ne penserai pas à toi et je suis sûr que je ne me branlerai pas en pensant à toi. J'ai fini. Jeu terminé." Il entre dans la maison et emmène mon cœur avec lui. Je suis abasourdi et silencieux. Un homme que je pourrais aimer s'en va et je dois le laisser faire. C'est mieux pour tout le monde de cette façon.

Chapitre 12

J'ai essayé de garder mes distances, mais c'est difficile quand je suis là pour le protéger. Lui, en revanche, n'a aucun problème à m'ignorer. Ou du moins, je pense que non. Il passe beaucoup de temps dans sa chambre ou dans la salle d'exercice. Jamais avec moi bien sûr, ce qui est très bien. C'est pour le meilleur.

Le repousser a été la chose la plus difficile, mais c'est la bonne chose à faire.

"Danica, parlons de l'événement caritatif de ce week-end." Il sort sur la terrasse.

"C'est pour quoi ?" Je sors un magazine et le feuillette.

« L'événement annuel est une collecte de fonds caritative. Les amis de la famille l'organisent chaque année pour récolter des fonds pour la recherche et les patients atteints de leucémie. C'est personnel et je n'en manque jamais un seul. Il s'asseoit.

"D'accord, donc je suis ton rendez-vous, que dois-je porter ?" Je demande.

Il agit de manière professionnelle. "C'est formel", dit-il en sirotant son eau puis en regardant autour de la piscine. « L'événement est une vente aux enchères. Nous avons des bénévoles qui viennent et les gens se vendent aux enchères, certains proposent un dîner, d'autres une soirée. D'autres proposent des week-ends ou une excursion sur leur yacht. Cela semble intéressant. Je me relève et ramène mes jambes vers ma poitrine.

"Qu'est-ce que vous proposez, pour le gagnant, je veux dire ?" il rit à mon commentaire sournois. "Le gagnant reçoit un repas complet et une chance de répéter une scène de l'un des manuscrits que je dois actuellement réviser." Je parie qu'il en a une tonne. "

Eh bien, n'est-ce pas un prix unique ? Récoltez-vous habituellement beaucoup d'argent?" La curiosité prend le dessus sur moi. "Je crois que mon meilleur était une offre de vingt-cinq mille." Bon sang, qui paierait autant pour quelque chose comme ça ?

« Putain », dirait une personne folle avec de l'argent.

« Peut-être que cette année, tu ne devrais pas le faire. salope là-bas. Avant que je puisse finir ma phrase, Hunter se lève et me pointe du doigt : "Je fais ça. La seule salope ici, c'est toi et tes hauts courts, tes remarques intelligentes et ta peau huilée. tu sais ça ? Je te veux tout le temps et ça me tue. Il s'avance vers moi et je saute du salon.

"Hunter, nous ne pouvons pas, je suis désolé, nous ne pouvons que faire semblant d'être ensemble, tu sais que nous ne pouvons pas réellement être ensemble." La frustration s'échappe de lui par vagues : "Danica, j'en ai fini avec toi et tes jeux foutus, je sais que je l'ai déjà dit mais je vais à l'événement caritatif et à la première la semaine prochaine et ensuite tu es." Je suis viré et je ne veux plus jamais te revoir. Va foutre l'esprit de quelqu'un d'autre, je ne peux plus faire ça. » Dit-il en se détournant.

« Hunter... Hunter, attends, tu ne comprends pas que je dois te protéger ? Si ma tête n'est pas droite, tu finiras par être blessé. Il s'arrête à quelques mètres de la porte et se tourne vers moi. "Qui protèges-tu, moi ou toi ?" Ma bouche s'ouvre sérieusement ?

«La seule chose contre laquelle j'ai besoin de protection, c'est toi, Danica. Tu ne vois pas ? Tu es ma dépendance, ma drogue de prédilection. Et tu me fais du mal. Vous gagnez! Merde, tu as gagné à la minute où tu m'as mis à ma place et m'as mis à genoux. Sa voix baisse et il sort par la porte d'entrée. Ce qui s'est passé? A-t-il rompu avec moi ? Attends, nous ne sommes pas ensemble, je m'en suis assuré, n'est-ce pas ? Je m'assois et j'essaie de tout traiter.

Est-ce que j'utilise le travail comme excuse ? A-t-il raison ? Suis-je celui qui a peur de ce que nous pourrions devenir ? Pourrions-nous être ensemble ? Suis-je prêt pour ça ? Avec tant de choses qui me traversent l'esprit, je me retrouve dans ma chambre et je regarde le plafond. La culpabilité, la colère et le jugement me traversent la tête. Je ne suis pas assez bien pour lui, mon travail le mettrait en danger, il se lasserait de moi et passerait à autre chose. C'est plus sûr pour moi de le laisser partir maintenant. Pourquoi attendre ?

Chapitre 13

Mon téléphone sonne et j'ouvre l'écran "Mark, quoi de neuf ?" Je regarde l'horloge, il est trois heures du matin. « Désolé de vous réveiller, mais votre homme a quitté la maison. Je pensais que tu voudrais savoir. Merde, je n'ai rien entendu. Pourquoi est-il dehors au milieu de la nuit ? "Merci Mark, je vais le suivre, aller dîner ou petit-déjeuner ou autre." J'enlève la couverture légère et j'enfile mon jean et mes bottes de combat. Mon débardeur fera l'affaire.

J'ouvre l'ordinateur portable et récupère le tracker. Le petit point rouge avance lentement. Il doit marcher. Il n'est qu'à un pâté de maisons. J'attrape mon arme, je la glisse dans le dos de mon jean et je m'en vais hors de la maison et traverse les dunes.

Avec l'application sur mon téléphone, je vois qu'il s'est arrêté cinq cents pieds plus loin. Je lève les yeux et l'eau apparaît. Pourquoi est-il ici ? Mes pas ralentissent à mesure que je m'approche, il s'assoit dans le sable et regarde l'océan, avalant une bouteille de Jack.

« Vous vous sentez parfois seul, comme quoi, peu importe ce que vous faites, vous ne le faites pas correctement ? » Je m'assois à côté de lui. Je retire mes pieds de mes bottes et laisse tomber le sable. Je l'ai blessé. Je peux le voir dans ses yeux, dans la façon dont il me regarde. Jamais, dans mes rêves les plus fous, je ne le blesserais exprès. Pourquoi ne pouvons-nous pas revenir au début, quand les choses étaient plus simples ?

"Toutes ces années, j'ai dû me battre pour obtenir ce que je voulais." Dis-je avec mes mains dans le sable en le laissant passer entre mes doigts. Le ciel nocturne rempli d'étoiles scintillantes et d'un croissant de lune se trouve au-dessus. « Hunter, ne pouvons-nous pas revenir à la situation telle qu'elle était. Ne pouvons-nous pas être amis, pourquoi cela doit-il être si difficile ? Il ramasse la bouteille et boit ce qui reste puis la jette derrière nous.

"Amis... ouais, bien sûr", dit-il mais je ne le crois pas. « Vous ai-je dit que tout le glamour et la gloire d'être une star de cinéma s'accompagnent d'une vie solitaire ? A part Jax, Tommy et Warren, je n'ai rien. Quand tu es arrivé, ma vie a commencé à prendre un sens. Je me sentais complet. Merde, j'ai ri pour la première fois depuis ce qui semblait être une éternité. Maintenant, vous voulez tout enlever. Vous me confondez complètement.

Je comprends ce qu'il dit et ça me fait mal d'entendre ces mots à voix haute. Je l'ai mené, mais c'est moi. C'est ce que je fais. C'est comme ça que je me protège, comme il l'a dit. Si je dérange quelqu'un d'autre, il ne peut pas me faire de mal en premier. Mais pourquoi est-ce que je me sens si coupable de lui faire ça ? Pourquoi est-ce que je le laisse m'atteindre ? Pourquoi compte-t-il autant ?

"J'aime baiser avec les gens, c'est mon truc." Je cogne mon épaule contre la sienne et il secoue la tête. « Même ça, les commentaires les plus simples font passer ma bite à la vitesse supérieure. Vous ne jouez pas loyalement. Je connais les sentiments, les pensées de nos contacts innocents, nos regards, nos baisers. La douche et notre moment intime au bord de la piscine filtrent dans ma tête. Il a raison, ce n'est pas juste. Peut-être que je devrais me retirer de cette mission. Je suis trop proche, mais je ne fais confiance à personne d'autre pour le protéger.

« Chasseur, je suis désolé. Je ne sais pas quoi dire d'autre. Il se lève et détourne le regard avec déception. «Je te l'ai dit Danica, j'ai fini. Quoi que ce soit, c'est parti maintenant. Ma gorge se serre et mes yeux se remplissent de larmes alors que je le regarde s'éloigner pour la deuxième fois en vingt-quatre heures. J'ai l'impression qu'il emmène mon cœur avec lui. Mon souffle se coupe et je le laisse partir. Il le faut, pour le protéger.

HUNTER

Je ne peux pas vivre dans un jeu. J'ai l'impression que mon cœur est brisé en un million de morceaux. Si je peux l'amener à faire face à ses sentiments, peut-être que nous pourrions alors avoir une chance.

Mais d'ici là, je garderai mes distances. Je vais revenir à mes anciennes habitudes avant de m'en foutre. Bientôt, elle obtiendra une autre mission et partira pour de bon. C'est peut-être pour le mieux.

Le matin va et vient, l'après-midi je suis suffisamment sobre pour sortir et me faire saccager à nouveau. J'appelle Jax et lui dis de me retrouver au pub local dans une heure. Alors que je m'approche de la porte pour sortir, la voix de Danica m'arrête. "Où vas-tu?" Sans me retourner, je tourne le bouton : « Je sors, prends une soirée. » J'enfourche mon vélo et je pars sur l'autoroute pour gagner de l'espace bien mérité.

J'ai roulé pendant une heure en essayant d'oublier et de laisser l'air frais la chasser de mes pensées. Cela n'aide pas, alors je me tourne vers la meilleure solution suivante. Alcool.

J'entre dans le pub et trouve Jax et Tommy au bar. Je lève la main vers le vieux et m'approche d'eux. "Pourquoi ce visage long?" demande Jax. Je sais que je ne suis censé dire à personne que Danica est au travail, mais ce sont mes seuls vrais amis. Nous avons grandi ensemble et je leur fais entièrement confiance. D'ailleurs, si j'en parle, peut-être que ça disparaîtra.

"Prenons un stand", avec ma bière à la main, je me dirige vers un stand vide et me glisse à l'intérieur.

Jax et Tommy sont assis en face de moi, les coudes sur la table, ils attendent que je commence.

"Danica n'est pas ma copine." Ils rient tous les deux. "C'est des conneries, cette fille t'a enroulé autour de son petit doigt." Et il a raison, mais plus maintenant. « C'est une agente d'infiltration. Elle m'a peut-être, mais je ne l'ai pas. C'est fini." Avant même que cela commence. Je bois la bière et la brandis à la serveuse pour en demander une autre.

«Eh bien, merde. La façon dont elle vous regarde et les jeux auxquels vous jouez tous les deux, je dirais que c'est plus qu'un travail pour elle. Mais je ne sais pas, peut-être qu'elle est une meilleure actrice que toi. Tommy rit de sa propre blague. Lorsque la serveuse pose la bière sur la table, je commande quelques shots et lui dis de continuer. La nuit va être longue.

Chapitre 14

DANICA

Mon alerte SMS retentit et le message de Mark défile sur l'écran. Pub local avec des amis, je le prends ce soir. Fais de beaux rêves. J'envoie un message de remerciement et m'assois sur le canapé. Quand diable tout est-il devenu si compliqué ? Il m'ignore et ça me déchire. Je ne peux pas le supporter. J'allume la télé et m'installe pour une nuit tranquille.

***

Je me réveille en sursaut et saute du canapé. Mon arme pointée, je tourne au coin de la cuisine. Là, devant moi, je regarde Hunter monter les escaliers en trébuchant, ses marmonnements étant incohérents. Il est ivre. Une blonde le suit en riant. Jax me remarque appuyé contre le mur du hall. "Désolé, nous allons essayer de rester silencieux." Il trébuche et se dirige vers le blond dans la chambre du Chasseur et claque la porte.

Ça doit être un cauchemar, je me réveille d'une minute à l'autre. Les rires et les mouvements venant d'en haut me retournent l'estomac. La nausée s'installe au fond de ma bouche. Est-ce qu'il la touche comme il m'a touché. L'embrassera-t-il avec la passion avec laquelle il m'a embrassé ? Baise-le, c'est un boulot, j'éteins la télé et tout en bas est sécurisé.

Je monte les escaliers et entre dans le confort de ma chambre, mais ce n'est pas du tout un confort pour le moment. Les bruits provenant de la chambre de Hunter attirent mon attention vers la salle de bain et sa porte ouverte. Les lumières étant éteintes, je m'approche et regarde derrière la porte. Ma mâchoire tombe devant ce que je vois.

Hunter allongé sur le dos, son pantalon défait et la bimbo blonde est en train de le sucer. Jax arrive derrière elle et s'agenouille. D'un mouvement rapide, il poussa et elle gémit. Mes yeux parcourent la scène.

C'est érotique et écoeurant à la fois. Le visage de Hunter se tourne dans ma direction et ses yeux captent les miens. Il commence à gémir et son corps se tend, Jax lui frappe le cul et sa tête monte et descend plus vite. Hunter halète et crie "Oh putain, Dani." Mes yeux s'écarquillent et reculent dans l'ombre.

La nausée me monte à la gorge, je cours vers l'évier et j'ai des vomissements secs. L'eau fraîche du robinet ne fait rien pour réduire le mal-être que je ressens. L'agitation vient de sa chambre. La fille est en colère et crie : « Putain, qui est Dani ? C'est elle que tu vois ? Comment penses-tu à une autre salope pendant que je te suce ?

Je ne veux rien avoir à faire avec ça. Je retourne dans ma chambre et ferme la porte derrière moi.

Elle continue de crier et de crier, puis Jax s'implique. « Ferme-la, tu as de la chance qu'il t'ait laissé faire. Allons-y, nous sortons d'ici. J'écoute et j'entends deux séries de pas dans les escaliers, puis la porte d'entrée se ferme brusquement.

Ce n'est pas quelque chose auquel je m'attendais et je ne pensais pas non plus à quel point cela m'affecterait. En le repoussant, je l'ai livré à qui veut de lui. Mais je le veux. Comment pouvait-il être si cruel de l'amener ici. Juste devant moi? Frottez-moi au visage ce que j'ai donné. Au diable ça.

J'envoie un message à Mark : J'ai besoin de quelques jours, mais je serai prêt pour l'événement caritatif. Bien sûr, il n'a aucun problème à me couvrir, et c'est pourquoi nous travaillons bien ensemble. Je me lève du lit et prépare un sac. Quelques jours pour me vider la tête, c'est exactement ce dont j'ai besoin. Mes clés en main, j'arrive à la porte d'entrée. Quand je regarde en haut des escaliers, Hunter est là, se balançant alors qu'il s'accroche à la balustrade. Ma poitrine se serre et la déception me déchire en deux.

« Qu'est-ce qui ne va pas ? » demande-t-il et j'essuie mes larmes. "Rien, tout va bien." Je lui lance un sale regard. "Danica, qu'est-ce qui ne va pas?" Je me détourne et attrape à nouveau le bouton, l'ignorant comme s'il me l'avait fait. "Bon sang Danica, c'est ce que tu voulais, n'est-ce pas." Il me regarde de haut et je ne peux retenir mes larmes.

« C'est vous qui êtes ce qui ne va pas. Vous ne comprenez pas ? Je ne peux pas te protéger si je suis occupé à t'aimer. Alors, vous trouvez un clochard à ramener à la maison. Que tu le croies ou non, il y a une menace réelle là-bas et je ne laisserai pas une salope folle te prendre. J'ouvre la porte et cours à toute vitesse sans me retourner.

Je suis assis dans ma voiture, incapable de bouger, et j'essaie de traiter tout ce qui s'est passé. Les larmes coulent sur mon visage. Pourquoi suis-je si bouleversé ? C'est ce que je voulais, n'est-ce pas ? Il est plus en sécurité sans moi. Je tourne la clé et le moteur rugit, je l'embraye et je fonce dans l'allée. Quand je m'arrête pour tourner, je regarde dans le rétroviseur. Hunter se tient sur le pas de la porte et passe ses mains dans ses cheveux. Baise-le. J'emmerde tout le monde. Et je me décolle.

Chapitre 15

CHASSEUR

Cela fait trois jours et son parfum de vanille n'embaume plus notre maison. Mark prétend qu'elle sera à l'événement ce soir et qu'elle devait s'occuper de certaines affaires personnelles. J'appelle des conneries. Quand Jax est passé hier, il m'a dit à quel point j'étais foutu, et nous avons ramené cette salope à la maison pour s'amuser un peu. C'est bizarre comme elle apparaît toujours quand je suis au plus bas. Ma stupidité m'a peut-être coûté la femme dont je rêve si désespérément.

Je ne me souviens que de bribes de la nuit. Mais ce qui me vient à l'esprit, ce sont ses pleurs et le crissement de ses pneus alors qu'elle sortait de l'allée. Elle était énervée. Je ne peux pas lui en vouloir ; c'était un geste idiot. Amener quelqu'un d'autre chez nous pendant qu'elle était ici, c'était vraiment mal. Mais je prouvais quelque chose.

Depuis, elle n'a pas appelé, envoyé de SMS ni répondu à aucun de mes messages. Regret, honte et cœur brisé sont les meilleurs mots pour me décrire alors que je regarde par la baie vitrée. Comment vais-je arranger ça ? Je jette un coup d'œil vers la plage et regarde les couples marcher le long du rivage. Le jour où nous étions là-bas, c'était comme si nous étions dans notre propre monde, notre oasis. Rien d'autre n'avait d'importance.

Avec elle, tout allait bien. Simple et pur. Pas de faux actes, pas de prétendre être quelqu'un d'autre. Avec elle, j'étais moi, Hunter Marshall. Je n'ai jamais eu à essayer avec elle. Tout s'est mis en place tout seul. Nos plaisanteries affectueuses et notre chimie sexuelle sont ce que je cherchais depuis tout ce temps et je ne le savais même pas.

Warren entre : « Il est temps de se préparer. » Je jette un coup d'œil à l'horloge : « J'ai le temps. Peut tu me rendre un service?" J'explique à Warren comment je ferai tout pour la récupérer. Il n'est pas heureux mais ce n'est pas son bonheur qui m'importe. La conversation terminée, je monte les escaliers deux par deux et me prépare pour la nuit. Warren ordonne à la limousine de nous emmener à la rencontre pré-caritative. Quand Mark arrive en smoking et déclare qu'il nous rejoindra, mon cœur s'effondre. Je pensais qu'elle serait là.

DANIQUE

J'arrive devant la maison et tout est sombre. Mark a envoyé un texto pour confirmer que Hunter et Warren sont partis dans la limousine il y a quinze minutes et qu'il utilise un fusil de chasse. Ils sont en route pour l'événement pré-caritatif. L'événement principal débutera dans deux heures.

Une fois arrivé dans l'allée de sa maison, je me sens mal. Ça me manque, mais c'est plus que ça. Quelque chose ne va pas. Je recule et dégaine mon arme. Une Ducati est garée sur le côté, près des buissons. Les cheveux sur mon cou se dressent lorsque la porte d'entrée apparaît et elle est entrouverte. Quand j'entre, quelque chose se brise sur le parquet du couloir.

Alors que je tourne au coin, une petite ombre se précipite et renverse les objets. "Ne bouge pas." Je crie et actionne l'interrupteur qui m'aveugle un instant.

Une poussée soudaine et mon corps vacille sur le côté. Je tends la main et attrape l'intrus, la projetant au sol. D'une simple claque, les menottes sont mises et je fouille la pièce pour m'assurer que nous sommes seuls. J'écoute le mouvement et entre dans le couloir. Mais l'endroit semble vide.

Je ramasse la femme du sol et la place sur le tabouret de l'îlot de cuisine. Tout le temps, elle m'insulte, salope, pute, clochard. Je retire le masque de son visage et, à ma grande surprise, c'est la bimbo blonde. J'envoie un message pour demander du renfort et je l'examine.

"Que faites-vous ici? Tu sais quoi, ne dis pas un mot. Je ne veux pas entendre ta voix. La nuit avec elle, Jax et Hunter envahissent mon esprit. Je ne veux pas qu'on me le rappelle. Au lieu de cela, je prends un stylo et du papier dans le tiroir du haut et je les place devant elle sur le comptoir en marbre. "Si vous avez quelque chose à dire, écrivez-le, si vous savez comment le faire." J'attends aussi patiemment que possible et retire un brassard de sa main.

Elle soupire après quelques instants et ouvre la bouche pour parler. Je l'arrête. "Écrire. Ne me dis pas un putain de mot. Elle tend la main et prend le stylo. Le chef entre et me tire sur le côté. J'explique qui elle est et ce qui s'est passé l'autre soir. Je ne sais pas si elle est amie ou ennemie, je dirais ennemie après la façon dont Hunter l'a traitée.

Le chef lit à Blondie ses droits pour introduction par effraction, elle me gronde. Je me penche et ramasse le morceau de papier. Il y a un mot noté, mais c'est suffisant. "Espèce de salope stupide et analphabète", je me mets aux pieds avec elle.

« Qu'est-ce qui ne va pas, tu n'as pas pu garder ton homme alors tu fais des menaces, tu m'as mis une cible dans le dos pour essayer et quoi ? Effrayez-le et remettez-le dans vos bras ? La colère sur son visage m'énerve encore plus.

« Va te faire foutre, il était à moi, il revient toujours vers moi », crache-t-elle.

« Ouais, peut-être avant. Mais plus maintenant. Maintenant, il me veut. Tout comme pendant que tu le suçais, il pensait à moi. Espèce de salope. Je vais la frapper et je suis tiré en arrière par un autre officier. "Sortez-la d'ici," je pousse le journal vers le chef et il le regarde. Elle a écrit sur :horin, avec le même imprimé que la brique.

Si vous pensez que je suis énervé, vous n'avez jamais vu un Irlandais devenir aussi rouge. "Tu as blessé ma nièce, tu as jeté la brique, admets-le et je pourrai y aller doucement avec toi." Il tire sur ses mains menottées derrière son dos.

« Très bien, je l'ai fait. J'ai vu comment ils se regardaient, la façon dont il adorait chacun de ses mouvements. Cela me rend malade. Qu'as-tu que je n'ai pas ? La bimbo hurle.

« Alors tu admets avoir jeté la brique et les tableaux ? » Je l'ai, dis juste le seul mot que j'ai besoin d'entendre et tout pourrait être fini.

« Oui, j'ai jeté la brique. Vous étiez ici, chez lui. Je ne pouvais pas le supporter, alors je voulais que tu aies peur et que tu le quittes. Mais vous ne l'avez pas fait. Elle se dit vaincue, les larmes coulant sur son visage.

"Désolé mon sucre, je ne fais pas peur trop facilement. Tu veux savoir ce que j'ai et que tu n'as pas ? J'ai un cœur, je tiens suffisamment à lui pour le laisser partir si c'est ce qu'il choisit. Mais d'abord, je vais lui donner la possibilité de m'avoir, ce que je ne pouvais pas faire tant que j'avais une cible dans le dos. Nous l'avons eue. Cela pourrait presque être terminé.

Mon téléphone sonne et je le sors de ma poche : « Mark, ouais. Écoute, reste avec lui. Ne dis rien mais je pense que le travail est terminé. Je serai là." Je jette le téléphone sur la table et prends une profonde inspiration. C'est fini. Il n'est plus ma mission, ou du moins, il ne le sera pas bientôt. Je dois aller vers lui et le réclamer, s'il veut toujours m'avoir.

«Oncle Lenny, c'est clair, n'est-ce pas. C'est fait?" En utilisant son nom, il sait que je demande pour des raisons personnelles.

« Elle a avoué. Tu l'aimes?" demande-t-il, ma fréquence cardiaque augmente, "Ouais, je le fais." Il tend la main et me prend dans ses bras. "Alors va chercher ton homme."

Mon bonheur a toujours été la priorité d'oncle Lenny. Avec sa bénédiction, je me dirige vers ma voiture et fonce sur l'autoroute. Je rentre à mon appartement et me prépare pour ce soir.

Chapitre 16

HUNTER

L'événement est sur le point de commencer et je suis coincé au bar à attendre une femme que je ne suis même pas sûr qu'elle va se montrer. Mark a disparu, ce qui est étrange puisqu'il est censé me soutenir. Je jette un coup d'œil autour de la salle de bal et alors que je regarde vers l'entrée, elle est là. Stupéfiant.

Ses cheveux noirs ondulés rejetés sur le côté. Ses lèvres sont rouges comme le péché et assorties à sa robe. Elle est parfaite. Le satin rouge caresse sa poitrine ne laissant rien à votre imagination. La dentelle noire s'évase le long de ses jambes et ces putains de chaussures me baisent.

Elle fait un pas dans la pièce et la fente sur le côté droit expose sa cuisse nue. Je traverse la pièce et la prends par surprise. "Oh salut. Vous m'avez surpris. elle dit. "Tu l'as fait." Je pose ma main sur son dos et l'accompagne jusqu'à la piste de danse. En faisant cela, je fais savoir à tous les hommes et femmes qu'elle est à moi.

Ces jours sans elle chez nous ont été les jours les plus longs de ma vie. Elle m'a manqué. Je me penche et son parfum de vanille m'enveloppe comme une couverture chaude. Son bras passe autour de ma taille et je la fais glisser sur la piste de danse. Nos corps se moulent ensemble au fur et à mesure que le rythme de la musique augmente. « Tu m'as manqué », je lui murmure à l'oreille.

"Ouais, eh bien, il s'est passé quelque chose dont je devais m'occuper." Elle regarde autour de la pièce, partout sauf moi. "Qu'est-ce qui ne va pas ?" Son corps se tend et je la rapproche du mien. "Danica, parle-moi." Elle secoue la tête : « Écoute, je suis désolée d'avoir merdé. Je n'aurais pas dû faire ce que j'ai fait. C'est juste... J'étais blessé et en colère et j'étais épuisé. Je sais que ce n'est pas une excuse, mais. Merde, Danica, je t'aime. Elle arrête de danser et je n'arrive pas à croire que ces mots soient sortis de ma bouche. Mais c'est vrai, je l'aime.

Elle lève la tête, ses yeux brillent et son visage est d'une belle couleur rose. J'acquiesce, confirmant que ce que j'ai dit est vrai. Sa langue humidifie ses lèvres rouges puis elle la fait entrer. Elle sait que ça m'attire à chaque fois, je me penche et prends sa lèvre puis elle s'ouvre et je l'embrasse avec tout ce que je suis. Les actions sont plus éloquentes que les mots, si elle nous donnait une chance, nous pourrions être si bons l'un pour l'autre.

La chanson se termine et ils annoncent le dîner, je lui prends la main et nous conduit à table. Nous nous asseyons avec Warren et deux autres couples. Warren semble boire ce soir, ce qui est étrange car c'est rare. Je suppose que la nouvelle que je prenne deux années de congé au lieu d'une le dérange. Eh bien, tant pis.

C'est ma vie et je veux commencer à la vivre, et j'espère la vivre avec cette beauté qui est assise à mes côtés. Je prends sa main dans la mienne et l'embrasse, elle sourit et détourne le regard, embarrassée. Presque... mais pas ma copine.

Après le plat principal, les enchères commencent. Je m'excuse et me dirige vers derrière la scène. Je regarde Danica se rapprocher de Warren et entamer une conversation. J'écoute l'hôte et le prochain nom appelé est le mien, à ma grande surprise, Danica demande, que fait-elle, je me demande.

Les enchères montent et il semble que je vais divertir une rousse. L'hôte crie « j'y vais une fois, j'y vais deux fois... » Je suis reconnaissant que les vingt mille qu'elle a offert soient utilisés à bon escient. «Quarante mille dollars», crie une voix et je porte mon attention sur Danica.

"Quarante mille aller une fois, aller deux fois... vendus à la dame en rouge." Son sourire s'élargit et elle fait un clin d'œil. Je me fraye un chemin à travers la foule : « Vous ne pouvez pas vous le permettre. Que crois tu faire?" Je lui murmure à l'oreille. « Ne me dites pas ce que je peux et ne peux pas faire », dit-elle en se dirigeant vers le côté de la scène pour payer le commissaire-priseur.

Le reste de la soirée s'est bien passé, les dons ont été un succès. Danica est restée silencieuse la majeure partie de la nuit, mais je l'ai surprise à plusieurs reprises en train de me déshabiller des yeux. Je vais devoir trouver un scénario pour répéter avec elle. Je ferai en sorte que ce soit une scène d'amour pour une personne et je veillerai à ce qu'elle joue le rôle encore et encore jusqu'à ce que je sois satisfait.

Chapitre 17

Alors que la soirée touche à sa fin, Danica parle avec Warren et Mark me met au courant de l'arrestation. Nous devons attendre la date d'audience avant que Danica puisse être réaffectée. Je ne veux pas qu'ils me la prennent. Rien que d'y penser me rend de mauvaise humeur. Une fois les accusations retenues, elle sera réaffectée ailleurs. J'ai parcouru script après script pour essayer de trouver celui qui était parfait. Vers une heure trente du matin, je trouve enfin celui-là.

C'est une scène romantique où le couple dîne puis boit au coin du feu. J'ai un pique-nique en tête et comme ce soir il y a une brise fraîche, le feu fonctionnera parfaitement. Contente de mon choix, je pose ma tête sur l'oreiller moelleux et je pense aux moments que nous avons passés ensemble. J'espère que nous aurons des moments plus spéciaux. Ceux que je chérirai pour toujours, car si elle n'était jamais entrée dans mon monde, je serais toujours perdu. Elle m'a trouvé et m'a cloué au sol. Avec cette pensée, je m'endors.

***

Le lendemain je me réveille en fin de matinée et disparais pendant quelques heures, je sais que Mark me suit mais ça va. J'ai un cadeau spécial à acheter. Quand je rentre à la maison pour me préparer pour le « rendez-vous », je déborde d'excitation.

Quand j'entre dans ma chambre, je trouve un mot de Danica : Je sais que c'est ton rendez-vous et ton scénario. Mais j'ai apporté mon propre scénario. J'espère que ça vous va. Retrouve-moi au garage à sept heures. Portez votre costume et votre cravate. Elle voudrait contrôler tous les aspects de la nuit. Cela pourrait perturber mes plans mais je verrai ce qu'elle me réserve pour la soirée.

DANIQUE

Je ne peux pas le laisser s'amuser, et comme cette nuit est une soirée dont je veux qu'il se souvienne, je fais tout ce qui est en mon pouvoir. La dentelle noire de la robe recouvre mes yeux. Mes lèvres brillent de rouge à cause du rouge à lèvres que j'ai appliqué. Le bustier en cuir noir est serré et mes seins débordent. Les cuissardes en résille, le porte-jarretelles et les talons aiguilles sont la touche finale.

Sur la table de nuit se trouvent mes menottes, un verre de glace et une bouteille de champagne. Je suis prêt. J'envoie un message à Mark pour qu'il rentre à la maison. J'ai ce soir sous contrôle. Il répond : amusez-vous. Oh, j'en ai l'intention. Je tamise les lumières et mets la musique doucement. Avec ma robe enroulée autour de moi, je me faufile et descends les escaliers. Aucun signe de Hunter, mais je sais qu'il est chez lui, il doit être dans sa chambre. Il est presque sept heures et je dois y aller.

Maintenant, je suis nerveux alors que j'allume les bougies le long de l'établi. Je prends une profonde inspiration et éteint les lampes fluorescentes au plafond. La pièce a une douce lueur et mes nerfs palpitent dans mon ventre. Merde, ça arrive.

Je me déshabille et remonte le capot de la McLaren. J'étends mes cheveux sur le pare-brise et pose une jambe sur l'autre, le genou plié. Je pose les deux bras sur le verre froid et j'attends. À chaque minute qui passe, mes entrailles se resserrent de plus en plus. L'anticipation monte et je suis mouillée de l'attendre.

HUNTER

Eh bien, rien ou tout ne se passe ici. Je m'approche de la porte du garage et prends une profonde inspiration, elle pourrait nous emmener manger dehors puis revenir ici pour son scénario. Tout ira bien, je m'occuperai de ses jeux tant que je pourrai passer plus de temps avec elle. Avec ma main sur le bouton, je tourne et pousse la porte pour l'ouvrir. Il fait sombre et des bougies bordent le mur du fond. Quoi ?

J'entre, laissant la porte se fermer derrière moi et la vue devant moi fait accélérer mon pouls. Elle est belle, sexy et séduisante avec ses cheveux déployés. Ses bras s'écartent tandis que son dos se cambre par rapport au pare-brise. De la dentelle noire protégeant ses yeux et des jambes en résille glissant les unes sur les autres. Je les suis jusqu'à un porte-jarretelles puis jusqu'au cuir qui recouvre à peine ses seins. Ses courbes font couler mon sang dans mon corps et directement vers ma bite.

"Ce n'était pas ce à quoi je m'attendais." Je tire sur ma cravate et me rapproche. Elle place ses bras à ses côtés, "Tu n'étais pas exactement ce à quoi je m'attendais non plus." Elle ronronne, et putain, cette femme m'a là où elle me veut. À sa merci. Ici, maintenant, je ferais n'importe quoi pour elle.

Mes jambes s'affaiblissent alors qu'elle glisse à mi-hauteur de la capuche et écarte les jambes. Son parfum de vanille fait monter ma bite en flèche. « La scène que vous avez prévue ? » Je me racle la gorge, essayant de ne pas supposer que c'est plus qu'une scène. Parce qu'en ce moment, tout ce que je veux, c'est la jeter et faire l'amour jusqu'au matin.

Elle tend le doigt et me fait signe de me rapprocher. En trois enjambées, je me tiens devant elle. Je me penche et mets le porte-jarretelles sur sa cuisse. Elle inspire rapidement et laisse sa tête pencher, laissant son cou exposé. Putain de beau.

"Ah, oui, le scénario..." elle se lèche les lèvres et glisse sa main au-dessus de son sein droit. « Puisque les actions sont plus éloquentes que les mots, agissons à volonté, nous improviserons. Allons-y », ronronne-t-elle, et ces mots sont une musique à mes oreilles.

J'enroule mon bras autour de sa taille et la tire vers moi. Ma langue sort et je la fais glisser de son cou jusqu'à sa poitrine. Mon besoin, ma dépendance se renforce à chaque contact. Quand je n'en ai pas assez, je ferme la bouche sur la sienne. Elle est ma bouée de sauvetage, mon seul salut. Ses bras s'enroulent autour de mon cou et ses doigts se glissent dans mes cheveux. Avec un remorqueur, elle ferme tout espace entre nous.

Oui, enfin elle se donne à moi. Je sens ses hanches tourner contre mon aine et je laisse échapper un gémissement. J'en ai rêvé, qu'elle nous donne une chance. "Dani, cette première fois risque d'être rapide et difficile. Mais je te promets ceci..." Je l'embrasse à nouveau, "Je prendrai le reste de la nuit et le reste de notre vie à te faire l'amour." Elle recule et attrape ma cravate. D'un coup sec, elle me tire tandis qu'elle recule plus loin sur le capot de la voiture. "J'aime ça vite et fort, garde la cravate pour plus tard." Je suis mort et je suis allé au paradis.

J'embrasse son cou et sur sa clavicule, la tournant dans le processus. Sa poitrine se presse contre le métal froid de la voiture. Avec son cul nu en l'air, je lui donne une fessée. Elle crie et ravale son gémissement. "C'est ce que tu veux?" Je lui murmure à l'oreille. Elle acquiesce. "Es-tu sûr? Parce que si tu me fais revenir, je ne te laisserai pas t'enfuir. Tu seras à moi." Sa peau prend vie et la façon dont son corps réagit, c'est comme si mes paroles étaient aphrodisiaques.

Je suis devenue sa dépendance autant qu'elle est devenue la mienne. Je pose une main sur le renflement de son dos qui recouvre son empreinte de vagabond, et mon autre paume reprend contact. Une douce lueur rosée apparaît et ma bite palpite, "Dani, je n'ai jamais voulu quelqu'un comme je te veux." Ma main descend de son pli jusqu'à sa chatte. Son excitation déborde, je fais glisser mon doigt de haut en bas pour la taquiner. Elle se tortille et gémit, elle est incroyable.

Avec deux chiffres, je la saisis très lentement. Elle laisse échapper un soupir frustré jusqu'à ce que mon pouce caresse la boule de nerfs et qu'elle halete. "Hunter, s'il te plaît..." Je n'aurais jamais pensé entendre quelque chose d'aussi beau.

Je continue à enfoncer et sortir mes doigts. Appliquer des baisers dans son dos, puis mordre sa joue éclatante en la marquant comme la mienne. Avec un autre coup, sa chatte gourmande se contracte autour de mes doigts. Je me retire et utilise les doigts lubrifiés pour masser son entrée arrière.

Mes doigts glissent et elle est au bord du gouffre. Son corps tremble et elle halète. Mon Dieu, je dois la baiser. Avec mon autre main, je défais mon pantalon et le laisse tomber sur mes cuisses. J'enroule mon bras sous elle et je soulève. Ma bite rentre chez moi et je commence à enfoncer les deux entrées. Ses gémissements et ses secousses ne font que m'épaissir et me durcir. Elle est si proche que ses murs tremblent et me serrent comme un étau. "Plus fort, plus vite..." sa voix essoufflée suffit.

Le contact peau à peau résonne dans le garage. Ses doigts saisissent le bord de la capuche et je peux voir son reflet dans le verre. "Hunter, je vais... oh mon Dieu juste là... Oui, oui..." Son cœur se contracte et tremble. "Je suis avec toi..." je laisse échapper un gémissement alors que ses murs se contractent. Un, deux, à la troisième poussée j'enlève mes doigts. Appuyez ensuite sur son clitoris pour la faire monter en flèche. Avec une poussée supplémentaire, je la remplis quand mon propre point culminant explose.

Penché sur son dos, je pose ma main sur le capot de la voiture pour éviter que mon poids ne pèse sur elle. Instable, je m'allonge à sa gauche et la tire à mes côtés. Après quelques minutes, notre respiration laborieuse revient à la normale. Je regarde nos corps descendre du haut. Elle est à moi, toute elle, cuir et dentelle, tout à moi. J'enlève la dentelle de ses yeux et elle cligne des yeux. "Ça va?" Elle sourit. "Jamais mieux." Je resserre mon emprise, priant pour que ce ne soit pas un rêve.

"Alors, est-ce que j'ai fait tourner ton moteur?" demande-t-elle, et je ne peux m'empêcher de rire, toujours en train de déconner. Elle enlève mon bras de sa taille et enfile le peignoir. J'enlève la capuche et boucle mon pantalon.

"Maintenant, mangeons, j'ai payé beaucoup d'argent pour une nuit avec toi et je vais m'assurer d'en avoir pour chaque centime." Elle rigole et entre dans la maison. J'éteint les bougies et en m'approchant de la porte, je regarde la voiture. Au centre se trouve une petite bosse, qui rappelle comment nous avons commencé.

Chapitre 18

DANICA

Si je devais faire toute la nuit, je ne changerais rien. Je suis allongé ici, plein de vie et heureux. Après avoir dîné, nous sommes entrés dans ma chambre et j'ai fait bon usage de la cravate.

Je me blottis contre la poitrine de Hunter et me souviens de la glace fondant sur son torse. Son goût et celui du champagne. Avec ses poignets difficiles et la cravate que je lui avais achetée, il me bandait les yeux.

Il m'a donné la fessée que je méritais, pour tout le temps que nous avons passé séparément. Puis il m'a fait l'amour jusqu'à ce que le soleil commence à briller à travers les rideaux. Je ne me suis jamais senti aussi aimé et pris en charge auparavant. Je me demande combien de temps cela pourrait durer avant qu'il ne se fatigue et me jette sur le trottoir.

"Hé, à quoi penses-tu?" Il se blottit plus près. "Comme mon corps est incroyablement épuisé." Il rit : « Idem. Nous sommes bons l'un pour l'autre. Je soupire et laisse cette pensée s'évanouir. J'apprécierai ce que j'ai pendant que je l'ai.

Quand je me réveille, la pièce est vide. Il est parti. La déception ne pourrait pas être pire. J'enfile un pyjama en coton et descends dans le salon. Peut-être qu'il regrette la nuit dernière, peut-être que j'ai attendu trop longtemps. La colère s'installe. Baise-le. J'ouvre les rideaux et m'allonge sur le canapé en regardant la vague s'écraser le long du rivage. Je suis toujours fatigué et épuisé et avant de m'en rendre compte, je me rendors.

La porte d'entrée se ferme et je fais semblant de dormir, sans savoir ce qui se passe avec Hunter ni ce qu'il ressent à propos de la nuit dernière. Son après-rasage devient plus fort et la chair de poule se forme sur mes bras. Sa présence se rapproche. Je ne peux pas m'en empêcher alors je tends la main et enfile le coton de sa chemise. Il se penche et se presse contre moi.

J'enroule une jambe autour de lui et fais pivoter mon bassin. "Bonjour, Douceur", dit-il et le soulagement prend le dessus. Mes mains explorent son dos, comblant l'écart entre nous. Il palpe mon sein, pince et tire mon mamelon caillou à travers le coton de ma chemise. Je ne peux m'empêcher de pousser un cri de satisfaction.

Sa queue repose contre la couture de mon short et glisse contre mon clitoris, taquin. M'envoyer en surmultipliée sans avertissement. Mes parois intérieures commencent à se contracter à mesure que ma culotte et mon short descendent le long de mes jambes.

Avant que je puisse protester, sa langue plonge à l'intérieur et il mordille la boule lancinante de terminaisons nerveuses. "Je veux que tu viennes sur mon visage", dit-il en levant une jambe par-dessus le dossier du canapé. Puis pousse l'autre pour que mon pied touche le sol.

Je restais là, nu, à le vouloir et à avoir besoin de lui. Ma main glisse entre mes jambes et écarte mes lèvres pour lui. Il a enfoncé deux doigts et suce mon clitoris, me faisant rebondir comme un taureau sauvage et je crie son nom. Mes jambes tremblent et mes entrailles tremblent si fort que je sens mon excitation s'infiltrer. Entrer et sortir, sucer et lécher, faisant durer mon apogée ce qui semble être une éternité.

"Putain de A..." J'essuie la sueur et les cheveux de mon visage. Quand j'ouvre les yeux à bout de souffle, il m'accueille avec désir et promesse. "Je pensais que tu étais parti." Ses yeux se plissent. "Je ne vais nulpart. Tu as gagné. Je suis à toi autant que tu es à moi. Je lève la main et rapproche sa bouche de la mienne. D'un mouvement rapide, il me prend dans ses bras et me transporte dans sa chambre.

Quand la porte se ferme, il me plaque dessus. Mes jambes sont toujours enroulées autour de sa taille et je ne peux pas en avoir assez de lui. "Enlève tes vêtements", dis-je en tirant son t-shirt par-dessus sa tête et en passant ma langue sur ses tétons. Le sifflement qui sort de sa bouche me donne envie d'en savoir plus. J'ai besoin de lui plaire et de me laisser guider par les sons qu'il émet. Je rentre son téton et le suce fort pendant qu'il enlève son short de basket.

Mes pieds touchent le sol et j'avance, quand l'arrière de ses genoux touche le lit, il descend. "Monte sur le lit", fait-il et je lèche et embrasse tout le long de son corps. Entre nous, sa queue tremble contre mon ventre et j'ai besoin de lui au fond de moi. "Je te veux." Ma langue glisse dans sa bouche dévorant mon propre goût.

Avec ma main droite, je me penche entre nous et caresse sa grosse bite dure, puis je l'incline à mon entrée. Je me lève et regarde dans ses yeux "Hunter..." Je veux lui dire ce que je ressens mais les mots ne semblent pas pouvoir sortir de mes lèvres. Il enroule ses bras autour de mes hanches et s'assied. "Les actions sont plus éloquentes que les mots, n'est-ce pas." J'acquiesce, me penche et l'embrasse doucement au début, puis cela devient plus exigeant. J'y mets chaque once de sentiment que j'ai.

Il saisit mes cheveux et les tire en arrière. Mon cœur se resserre alors qu'il me lèche et mordille mon cou jusqu'à mon oreille, puis il murmure : « Jamais de regret. Tu es exactement qui je veux. Avec ces mots prononcés, je lève mes hanches et je glisse vers le bas. Sa bite épaisse et profonde me remplit complètement. Le sifflement qui s'échappe et le tremblement de son corps autour du mien atténuent l'étroitesse.

Incapable de rester assis, je fais pivoter mon bassin puis je lève mon corps. Nous replongeons encore et encore, les sons de notre sexe résonnant sur les murs. Des gouttes de sueur se forment le long de ma chair nue. Quand il frappe plus profondément, un gémissement s'échappe et je saisis l'arrière de sa tête. Avec mes seins devant son visage, il serre mon mamelon et mord, "Oh mon Dieu Hunter, plus fort, plus fort." Je plonge et il avance en même temps. Il crie : « Les miens, vous tous... Baise-moi. Montez-moi fort avec cette douce petite chatte.

Mon corps répond à ses paroles et j'accélère le pas. Au fur et à mesure que l'orgasme se développe, je glisse ma main entre nous pour atteindre mon point culminant. Seulement il le repousse, "Non, c'est à moi, tu es à moi." Il s'empare de la boule de nerfs et me frappe plus fort avec sa bite, me rencontrant poussée pour poussée.

Quand il pince, mes yeux se révulsent et mes murs se resserrent sur sa queue. Je pousse des cris et je perds la vue dans l'extase. Mon orgasme me déchire comme une tornade. Je m'appuie contre sa poitrine, mes ongles mordent sa chair alors que je le sens s'épaissir. La pression qu'il me fait remplir par à-coups me fait à nouveau déborder.

HUNTER

"Eh bien, baise-moi, je suis allé au paradis." Je prends Danica dans mes bras et l'embrasse sur le front. «Je l'ai déjà fait», dit-elle à moitié endormie. « Tu as vraiment fait preuve de douceur, et tu avais raison. Tu es ma meilleure aventure. Mes doigts glissent de haut en bas sur son côté nu. "Je ferais mieux d'être ta seule aventure", dit-elle avec son impertinence et si elle n'était pas si fatiguée, je la reprendrais. Mais nous aurons tout le temps pour cela. Maintenant qu'elle est à moi. Sa respiration s'endort doucement et tout d'un coup, tout semble bien dans le monde. Je me sens en paix, comme si j'avais enfin trouvé ma place. Comme si j'avais fait quelque chose de bien.

Chapitre 19

DANICA

Sous la douche, j'entends frapper à la porte : "Hé, ma chérie, le déjeuner sera prêt dans environ dix minutes." Je souris au surnom qu'il m'a donné et mes entrailles s'enflamment. Cet homme sera ma mort. "Euh... Ok, je serai dehors dans quelques instants, à moins que..." son rire filtre à travers la pièce. "Ah, pas maintenant, nous devons assister à une première." Dit-il en me laissant finir de faire mousser mon corps. Une fois sorti de la douche, j'entre dans notre chambre. C'est vrai, nous partageons maintenant une chambre. Pas celui dans lequel se trouvait cette salope, non, il a emménagé dans ma chambre.

Tatiana, la bimbo blonde a été incarcérée. L'audience aura lieu la semaine prochaine et jusqu'à présent, il n'y a eu aucune autre menace. Techniquement, je suis toujours en mission jusqu'à ce que l'affaire soit scellée. Hunter n'aime pas en discuter, parce que nous ne faisons plus semblant. J'attache mes cheveux et glisse mes jambes dans mon jean. Après avoir enfilé un débardeur en coton, je descends pieds nus.

Je traverse la pièce et m'arrête alors que Hunter entre. Il me prend la main et me fait sortir, puis me ramène dans ses bras. Nous dansons sur la piste au rythme de la musique provenant des haut-parleurs.

"Vous êtes de bonne humeur." Je dis et j'essaie de lâcher prise mais il me rapproche. "Pourquoi ne le serais-je pas, j'ai eu des relations sexuelles incroyables avec une femme que j'adore et j'ai l'intention de le faire aussi souvent que possible." Je recule, "adorer?" Son bonheur brille dans ses yeux et je sais exactement ce qu'il ressent.

"Je dois courir, des choses à faire..." Ses lèvres se scellent sur les miennes puis il me relâche. "Ce soir sera une soirée inoubliable." Rire de son enthousiasme. "Dès la première nuit", il désigne les héros de la saucisse depuis le camion de Jax qui m'attend. "Jusqu'à la dernière nuit." Avec un scintillement dans les yeux, il sourit et m'embrasse sur le front. Que veut-il dire hier soir ?

"D'accord mais une fois que j'ai fini, je dois y aller." La première ayant lieu ce soir, je vais me faire dorloter et me faire faire les ongles. Toute la semaine, Hunter m'a rappelé des choses subtiles que j'ai faites et qui l'ont rendu fou.

Nous en avons discuté et il comprend pourquoi je l'ai fait. Je suis reconnaissante qu'il ne m'ait pas abandonné. Bien sûr, il a fait preuve d'un mauvais jugement une nuit, mais d'après les histoires que j'ai entendues, cela se produisait tous les soirs. Alors quand je suis entré en scène, il a changé.

J'ai décidé de monter à bord avec des souvenirs des semaines précédentes, c'est pourquoi j'ai choisi la robe que je porte ce soir. Il est rouge comme mon rouge à lèvres et ce que je compte porter en dessous le ramènera sur le capot de sa voiture. Maintenant, je suis à la recherche d'une dernière chose, j'ai un peu le vertige en y pensant.

A midi, je déambule dans l'avenue principale. J'envoie un texto à Mark, lui demandant si Hunter était déjà à la maison. Non, bébé, il est parti, mais Warren est passé. Hmm. Je me demande pourquoi, peut-être quelque chose à voir avec la première. Je n'aime pas le fait qu'il ait une clé, il faudra y remédier à un moment donné. Mais je ne veux pas gâcher cette soirée pour mon homme. Ce soir, c'est tout autour de lui.

Je m'arrête devant la maison et Marks me fait signe alors qu'il court jusqu'à ma voiture. Une fois que je suis sorti, il demande. "Mais qu'est ce qu'il se passe ici ?" Je hausse les épaules, "que veux-tu dire ?" Nous n'en avons parlé à personne, donc je ne suis pas sûr de ce que Mark veut savoir. "Quand Hunter est rentré à la maison, il était tout sourire et est même venu vers la voiture et lui a demandé si vous aviez déjà perdu un défi ?"

L'idée que Hunter soit heureux grâce à moi me ravit. Et non, je ne saute jamais les défis : « Je n'y peux rien, Mark, je craque pour le défi. » Je hausse les épaules en admettant à l'un de mes meilleurs amis que je suis éperdument amoureuse de ce type.

"Ça te va ?" Mark a toujours su que j'étais un solitaire. Bien sûr, je me suis bien amusé mais rien de grave. À la façon dont il me regarde, il sait que c'est aussi grave que possible. "Ouais, pour la première fois depuis longtemps, je vais bien." Je souris et me dirige vers la maison. Ce soir sera le soir où je lui dirai. Il a le droit de savoir.

"Merci Mark, tu peux y aller, je l'ai eu d'ici." Il me tapote l'épaule en passant devant moi pour me souhaiter une bonne nuit. Je ferme la porte et entre dans le salon. J'ai un peu mal aux pieds, je jette mes bottes sur le côté et jette mon sac sur le dossier de la chaise. N'ayant plus d'énergie, je me laisse tomber sur le canapé et commence à me frotter les pieds.

Hunter entre tranquillement. "Warren a déposé du champagne et des verres pour ce soir." Il remue les sourcils et mon visage rougit. "Je ne bois pas avant les premières, alors assurez-vous d'en garder pour plus tard." Il s'assoit à côté de moi et tend la main vers mon autre pied. Je lève les yeux et ses yeux se tournent vers le sol. D'accord, que se passe-t-il ? Il agit tellement bizarrement.

"Qu'est-ce qu'il y a dans le sac ?" demande-t-il et je ris. Il l'attrape et quand ses yeux sortent de sa tête, je ne peux pas contrôler son rire. "Votre film est HighBall, alors jusqu'où pouvez-vous mettre ces balles ?" Il tire le rang de perles et son regard diabolique me fait frémir les entrailles.

Il me tend la main : « Si je veux y arriver ce soir, j'ai besoin d'une sieste. » Je le repousse. La tête contre le coussin, il pose les deux pieds sur ses genoux. Sa fossette apparaît et il se met plus à l'aise en s'appuyant contre le coussin. Oh, ce soir, ça va être amusant. Je m'approche de la table basse et attrape la télécommande pour allumer la télé, la prochaine chose que je sais, c'est cinq heures. La tête de Hunter repose contre mon ventre, sa respiration est calme. Je passe mes doigts dans ses cheveux plusieurs fois jusqu'à ce qu'il se réveille.

"Soirée." Son sourire s'étala sur son visage. J'étends mes bras et fléchis mes jambes. Il s'assoit et fait de même. "Grande soirée", je pousse le canapé et commence le café. "Ecoute, Danica," je couvre sa bouche avec ma main, "Hunter, profitons de ce soir." Je m'écarte. Il saisit mon poignet, me fait tourner et façonne nos corps ensemble. "Admet le. Tu veux ça autant que moi ? Savoir que cela le rendra fou. Je me lèche les lèvres puis mords et fais entrer ma lèvre inférieure. Il siffle et m'embrasse fort. Exactement comme je l'aime.

Chapitre 20

Nous prenons un dîner léger puis nous préparons pour la soirée. Hunter a versé le champagne et attend que je me penche. Il ne boit pas parce qu'il est nerveux quant au déroulement du film. Je sors la cravate que je lui ai achetée. Il s'accorde parfaitement avec ma robe et je l'enroule autour de son cou. Je le boucle et m'assure qu'il est droit. Ma robe rouge traverse ma poitrine et coule en vagues jusqu'au sol. Le dos se croise de la même manière que le devant, ce qui est parfait pour cacher l'ensemble soutien-gorge et culotte en cuir et dentelle que j'ai acheté. Après ma deuxième coupe de champagne, j'embrasse Hunter et me penche pour soulever mes fesses nues pour qu'il puisse y glisser les perles.

Je laisse échapper un léger gémissement alors qu'il me frappe la joue et les vibrations envoient mon cœur en vrille. Ses doigts glissent le long de mes plis puis il les porte à sa bouche. "Tu es délicieux", dit-il et mon esprit me dit : merde, restons à la maison.

« Ah, pas encore. Je connais ce regard, Dani. Je lève les yeux au ciel. "Savoir que ces perles sont au fond de toi me rend un peu jaloux. Mais le savoir vous gardera nerveux toute la nuit. Pendant que nous me regardons sur grand écran, cela me rendra fou plus que vous," son doux murmure fait retomber ma tête contre sa poitrine.

"Allons-y avant que je te mette au lit." Je le menace et il rit. Avec ma main dans la sienne, nous nous arrêtons devant l'îlot de cuisine pour porter un toast au champagne. "A l'introduction par effraction." il dit : « Pour vous mettre dans un coin. » Je me souviens du premier jour où nous nous sommes rencontrés.

Il entre en moi, "Douceur, tu peux me mettre dans un coin à tout moment." Je ris en poussant sa poitrine, "Je te défie." Je bois le liquide pétillant et place le verre dans l'évier. Il prend son verre d'eau et fait de même.

***

Avec les perles qui font leur travail, mon corps est en feu. La longue séance de baisers à l'arrière de la limousine n'a pas aidé du tout. Mais j'espère que cela l'a aidé à calmer ses nerfs. Maintenant, je marche à côté de l'homme que j'apprécie. Toutes les lumières clignotent et les enquêteurs posent encore et encore les mêmes questions. Je peux voir à quel point tout cela peut être fastidieux. Le prix de la gloire, je suppose, je ne le comprends pas.

Avec l'entrée en vue, nous nous rapprochons de quelques mètres. Ma tête commence à être un peu étourdie et ma vision devient trouble. Je resserre ma prise sur la main de Hunter. Il me regarde avec une expression inquiète.

La sueur s'accumule à la base de mon cou, quelque chose ne va pas. "Ça va, c'est trop pour toi ?" il demande. Mais des choses comme ça ne me dérangent pas, c'est autre chose. J'ouvre la bouche mais rien ne sort, la nausée prend le dessus et je me serre le ventre. Oh mon Dieu, ne me laisse pas tomber malade sur le tapis rouge.

J'attrape la veste de Hunter à deux mains alors que je sens mes jambes faiblir, je ne peux pas parler, je ne peux pas voir mais j'entends tout. Hunter crie mon nom en panique. Mon corps est mou et blotti contre sa poitrine. Je sens son après-rasage, c'est bon, c'est Hunter. "Douceur, je t'ai, peux-tu me dire ce qui ne va pas ?" C'est la chose la plus étrange, ses voix disparaissent et puis plus rien.

HUNTER

Sa poigne se resserre et quand je me tourne vers elle, elle est blanche comme un fantôme, je demande ce qui ne va pas mais elle ne répond pas. Elle tire sur ma veste comme si sa vie en dépendait, puis elle s'effondre. Je la récupère et traverse la mer de gens jusqu'à la limousine.

Une fois que je l'ai installée sur la banquette arrière, j'ordonne au chauffeur de nous emmener à l'hôpital le plus proche. Je sors mon téléphone et envoie un message à Mark pendant que je la supplie de me répondre. Une minute, elle va bien et la suivante, elle est...

Oh mon Dieu, s'il te plaît, ne me l'enlève pas, s'il te plaît. Je passe la main sous sa robe et tire les perles – peut-être qu'elles étaient trop. Quoi qu'il en soit, je ne veux pas l'embarrasser lors d'une évaluation aux urgences. Je les mets dans ma poche et pose mes lèvres sur son front humide. Elle brûle.

« Reste avec ma douceur, reste avec moi. Je ne peux pas te perdre maintenant que je t'ai trouvé. Alors que la porte s'ouvre, je sors en la tenant comme une enfant fragile. Elle n'a pas répondu depuis qu'elle s'est effondrée. Je l'allonge sur la civière comme indiqué et j'explique à l'infirmière ce qui s'est passé. Ils me disent de m'asseoir dans la salle d'attente et ils sortiront quand ils en sauront plus.

Je ne fais pas partie de la famille, ils ne me laisseront pas entrer. Je sors mon portable de la poche intérieure de ma veste et j'envoie un message à Warren. Environ cinq minutes s'écoulent, mais cela semble être des heures. Mark et le chef Belmont se tiennent au centre de la salle d'attente et exigent des réponses. Après que l'infirmière leur ait parlé pendant quelques minutes, ils se dirigent vers moi. À leur approche, j'espère obtenir des informations.

Le chef Belmont s'approche, pieds contre pieds. « Non seulement je suis le chef, son patron, mais cette femme qui se bat pour sa vie est ma seule nièce. J'ai promis de la protéger à tout prix lorsque son père décèderait. Si je découvre que tu as quelque chose à voir avec ça, je me donnerai pour mission personnelle de te faire tomber. Je recule, confus. Mark a un look à tuer.

Qu'est-ce qui se passe, bordel. Qu'est-ce qu'ils ne me disent pas ?

«Nous allions à la première, je ne lui ferais jamais de mal. Je l'aime." Je les supplie de comprendre et de me dire ce qui se passe. "S'il vous plaît, ils ne me diront rien, qu'est-ce que l'infirmière a dit, est-ce que tout ira bien ?" Mark commence à faire les cent pas près du distributeur automatique.

Le chef Belmont garde les yeux rivés sur les miens. "Est ce que tu l'aimes?" Je me tiens debout et j'admets : « De tout mon cœur. Je n'aurais jamais cru qu'on pouvait autant aimer quelqu'un. Je pleure en sachant que j'ai peut-être perdu l'occasion de lui dire à quel point je l'aime. J'ai besoin de la voir pour lui dire ce que je ressens. J'ai besoin qu'elle aille bien.

Nous ne faisions que commencer. Nous avons tellement de choses à attendre. Une maison à nous. Une lune de miel, une balançoire avec de petits bruits de pas qui courent dans le couloir. Je veux la voir dans une belle robe blanche marchant dans l'allée et disant oui. Je sors la boîte en velours de la poche de mon pantalon. "C'est à quel point je l'aime." Je tiens la boîte et le chef me prend dans ses bras. Les larmes s'échappent et je les laisse.

Lenny nous fait asseoir et me dit qu'ils ont trouvé du poison dans le système de Danica. Je pense que tout ce que nous avons fait aujourd'hui, c'est quelque chose qu'elle a mangé en faisant du shopping. Y a-t-il quelque chose chez nous ? Marquez les questions et je réponds. Il sort son téléphone de sa poche et appelle quelqu'un en lui donnant notre adresse. Quand j'entends la porte s'ouvrir, Warren entre.

L'expression de son visage m'inquiète. Il est effrayé et frénétique. En cinq étapes rapides, je me retrouve face à face avec lui. Puis ça clique. Il sait que je ne bois pas avant une première. Pourquoi déposerait-il du champagne, je pensais que c'était pour gagner les bonnes grâces de Danica. Je pensais qu'il avait finalement accepté que je quittais le monde du cinéma et que j'allais consacrer mon temps à elle et à une famille.

"Qu'avez-vous fait?" Dis-je dans un rugissement monstrueux. Ses yeux s'ouvrent grand et cela suffit à confirmer mes soupçons. Mon sang bout et ma main roule en poing, je vais tenter un coup et je suis retenu. Mark me prend le bras et me déséquilibre.

"Que se passe-t-il?" Je retire mon bras de sa poigne et me tourne vers Lenny. « Demandez-leur de vérifier la bouteille de champagne et les verres. Warren a eu la gentillesse de les livrer cet après-midi.

Mark attrape Warren par la gorge et le plaque au mur. Un autre policier entre et lui met les menottes en lui lisant ses droits. Lenny prend le téléphone et aboie quelques ordres. Une infirmière fait irruption dans la porte. "MS. La famille Leroux ? Nous nous arrêtons tous et regardons. Mes jambes s'affaiblissent à mesure que Lenny se rapproche. Sa tête tombe au sol et mon cœur s'effondre. Non, non, elle ne l'est pas. Elle ne peut pas l'être.

Une autre infirmière apparaît. Elle attrape la première et lui dit de retourner dans la pièce et Lenny la suit, mes pieds ne bougent pas. Je suis figé jusqu'à ce que j'entende la voix de Warren. «Elle allait te ruiner, j'ai fait ça pour toi. Tu ne seras rien avec elle. La rage prend le dessus et je me jette sur lui, l'emmenant au sol. Alors que Mark essaie de m'en empêcher, je frappe l'homme que je considérais autrefois comme un père.

« Avec elle, je suis tout. Avec elle, je suis moi. Je suis arraché par la sécurité et je m'assois par terre, désespéré, pendant que la police escorte Warren.

Chapitre 21

Cela fait trois jours et Danica n'a pas ouvert les yeux. A deux reprises, ses machines ont explosé et ils sont venus s'occuper d'elle. Grâce à Lenny, je suis sur la liste des visiteurs en tant que fiancé. J'espère juste avoir l'occasion de lui demander. Les signes vitaux semblent devenir plus forts mais je refuse de partir. Je me fais livrer de la nourriture mais je n'ai rien mangé. Sans elle, je ne suis rien.

Je ne me suis jamais senti aussi seul que maintenant lorsque je regarde les écrans. J'enveloppe sa main délicate dans la mienne. "Douceur, j'ai besoin que tu reviennes vers moi." Je répète encore et encore en priant pour qu'elle m'entende une de ces fois. Au bout d'un moment, je commence à lui raconter toutes les choses que j'ai prévues pour notre avenir.

DANICA

Qu'est-ce que c'est que ce bip constant et pourquoi ça sent le désinfectant. Brut. La chaleur de son contact dans ma main m'amène à l'ici et maintenant. Mes paupières sont si lourdes que j'essaie de les ouvrir, mais j'ai du mal. « Et si tu acceptes d'être ma femme, je promets de t'aimer pour toujours. Vous pouvez parier là-dessus, et quand nous serons prêts, nous pourrons peut-être mettre un petit pain au four... » Il me tapote le ventre et je laisse les pensées remplir ma tête.

«Je vais construire une balançoire de mes propres mains, d'accord, peut-être que nous achèterons une balançoire. Mais je peux mettre une corde autour d'un pneu pour me balancer. Il rit. "Danica, j'adorerais voir ces beaux yeux marrons en ce moment..." Je me bats en écoutant.

"Allez, ma douceur, quand as-tu déjà abandonné un défi." Il essuie les cheveux de mon front. « Danica, allez. Fais-le pour moi, fais-le pour nous. Il est bouleversé et je déteste être celui qui en est la cause. "Bon Dieu. Je te mets au défi Danica... Je te mets au défi d'ouvrir les yeux », et je le fais.

Le temps est nuageux au début puis commence à s'éclaircir. Je tourne la tête et des larmes coulent sur son visage. "Hé ma belle, bon retour", dit-il en déposant un baiser sur mon front, son après-rasage persistant. Ma gorge et ma bouche sont sèches et je montre l'eau et les tasses. Il verse et porte la paille à mes lèvres. J'aspire le liquide frais et rafraîchissant et en bois la moitié.

"Eh bien, je sais toujours comment sucer." Un soupir de soulagement s'échappe de Hunter. "C'est ma copine", dit-il en me serrant fort. « Qu'est-ce qui s'est passé, bordel ? La dernière chose dont je me souviens, c'était de marcher sur le tapis rouge. Il sort son téléphone et appelle oncle Lenny. L'infirmière entre, vérifie mes signes vitaux et m'informe qu'elle fera savoir au médecin que je suis réveillé.

Une fois qu'oncle Lenny et Mark sont arrivés, ils m'ont informé. Warren m'a empoisonné parce qu'il était en colère contre notre relation. Je lui enlevais son ticket d'argent. Je savais que quelque chose n'allait pas, je n'arrivais pas à mettre le doigt dessus.

Blondie a admis l'existence de la brique mais elle n'a jamais mentionné les photos. J'ai trouvé ça bizarre. Warren a avoué que les menaces initiales n'étaient qu'un coup publicitaire, mais qui aurait pensé que les autres allaient se débarrasser de moi. Cela ne va pas bien; je me demande s'il est temps de changer de carrière. Ne vous méprenez pas. J'adore ça, mais à quel risque ?

Le médecin entre et demande à tout le monde de sortir pour qu'elle puisse m'examiner. Après avoir vérifié les signes vitaux et tout, elle ferme la porte. Leroux, j'ai des nouvelles pour toi. Je comprends que vous connaissez le poison et le traitement. Mais il y a une dernière chose.

Mon corps se tend et les nausées montent, quelque chose ne va pas, je ne suis pas en aussi bonne santé qu'ils le prétendent tous. Je me lève du lit, attrape le récipient en plastique et vomis l'eau que j'avais plus tôt.

Le médecin me tend un gant de toilette frais et humide et je m'assois. "Dites-moi. Donnez-le-moi directement, Doc. Je m'en occuperai, quoi qu'il en soit, » elle jette un coup d'œil au tableau puis s'assoit sur la chaise à côté de moi, prenant ma main dans la sienne.

"Eh bien Danica, il semble que tu sois enceinte d'environ cinq semaines," je m'assois droit dans le lit "Je suis quoi?" Je crie. La porte s'ouvre et les trois hommes restent là, l'inquiétude inscrite sur leurs visages.

"Oh non, attends. S'en aller. Je dois parler au Doc. Sortir!" Je crie en essayant de sortir du lit. Le Docteur les rassure que je vais bien et ils reculent derrière la porte fermée.

"Doc, j'ai l'implant, je ne peux pas l'être, c'est bon pour trois ans." Le médecin note sur ma feuille. Je vais devoir le faire retirer. Quand elle regarde mon bras, "c'était il y a combien de temps ?" elle me regarde du journal.

"C'était juste avant mon vingt-huitième anniversaire." Elle jette à nouveau un coup d'œil à mon dossier. "Euh, Danica, tu as eu trente et un ans il y a trois mois. Ils ne durent que trois ans, comme tu l'as dit. Putain de merde, merde merde... Je vais devoir parler à Hunter, seul.

HUNTER :

Je ne sais pas ce qui se passe, pourquoi a-t-elle crié ? Puis, quand nous entrons, elle nous ramène précipitamment vers la porte. Si le médecin lui dit que quelque chose ne va pas, nous devons le savoir. Elle est forte et courageuse mais elle a aussi besoin de soutien moral. Elle a besoin de savoir que nous sommes là pour elle. Je frotte mes doigts sur la boîte en velours dans ma poche.

Une fois à l'intérieur, je mets tout sur la table, je veux un avenir avec elle, et elle est tout pour moi. J'ai fait valoir mes droits sur elle la première fois sous la douche. Il est temps de faire savoir au monde que j'ai trouvé mon âme sœur.

Qu'est-ce qui prend autant de temps au docteur ? Cela ne peut pas être bon. Mais quoi qu'il en soit, nous y arriverons ensemble. Le temps que je passerai avec elle sera mieux que pas de temps du tout.

DANICA

« Nous planifierons le retrait pour plus tard dans la journée. Vous et le bébé avez de la chance. Vous avez reçu le traitement tôt donc pas de dommages à long terme. Vous êtes tous les deux en bonne santé et pourriez rentrer chez vous dans un jour ou deux. Je grimpe dans le lit et tire la couverture sur mes jambes.

Lorsqu'elle ouvre la porte, elle demande Hunter. Il entre et je lui demande de fermer la porte. Il fait. "Tout va bien?" J'acquiesce. Comment vais-je lui dire ? Mordez la balle et faites-le comme un pansement, fort et vite.

Il s'assoit et tire la chaise sur le côté du lit. "Dani," il prend ma main gauche dans la sienne. "Depuis le premier jour où nous nous sommes rencontrés, tu m'as mis à genoux et tu m'as demandé grâce." Il embrasse ma paume. "Ouais, je l'ai fait", je ris en me souvenant.

"Alors maintenant, je t'en supplie, non... non, je demande." Il se penche en arrière et fouilla dans sa poche. Une boîte en velours noir apparaît. Mes yeux se remplissent de larmes, car je connais déjà la réponse. "Seras-tu à moi pour toujours?" Une larme solitaire coule sur ma joue. Je l'essuie. "Sous une condition." Je prends une profonde inspiration et saute le pas.

Il lâche ma main et s'assoit à côté de moi sur le lit. « De la douceur, n'importe quoi. Nomme le." Il essuie mes cheveux de mon visage. Ses yeux scrutant les miens, "Pouvons-nous fonder une famille tout de suite ?"

Il laisse échapper le souffle qu'il retenait et se tourne, essayant de grimper sur moi, "Pouvons-nous commencer maintenant ?" ses sourcils bougent et je laisse échapper un rire avant de l'attirer pour un baiser.

Au bout d'un moment, je pousse sa poitrine et lui dis : "Nous l'avons déjà fait." Il recule et je le regarde réfléchir à ce que j'ai dit. Puis il réalise ce que je dis, cela prend un moment mais s'enregistre. Le sourire s'étend sur son visage et fait battre mon cœur de joie. "Quand?" Il s'assoit et regarde mon ventre.

"Si ce que dit le Doc est vrai, tu as planté ta graine notre première fois, sous la douche." Il se lève et m'aide à me relever. "Eh bien, les graines ont besoin d'eau pour pousser, n'est-ce pas ?" il rit de sa propre blague.

J'enroule mes bras autour de son cou. "Tu m'as réclamé, et c'est à ce moment-là que j'ai commencé à craquer pour le défi." Il me prend la main et nous nous levons. Il se met à genoux. « Tu es ma bouée de sauvetage. Je promets de te rendre heureux pour le reste de ta vie, si tu me faisais l'honneur et disais oui pour toujours. D'autres larmes coulent, j'acquiesce et l'attrape, "Oui, oui et oui pour toujours." Nos lèvres se scellent et nous embrassons le plus passionné des baisers. Celui que je ressens jusqu'aux orteils.

Quelqu'un s'éclaircit la gorge et nous nous séparons. Oncle Lenny et Mark interviennent. « Est-ce que tout va bien ? Hunter me place sur le lit et ramasse la boîte en velours. Alors qu'il glisse la magnifique bague en diamant à mon doigt, il lève les yeux. « Ouais, Lenny. Tout est parfait. J'ai ma femme. Il me regarde avec un sourire puis se penche pour embrasser mon ventre.

"Et notre bébé va bien aussi."

Les félicitations circulent dans la pièce et je regarde mes trois hommes rayonner de bonheur et de joie. "Vous avez rencontré votre partenaire", dit Mark en tapotant l'épaule de Hunter et nous rions. « Ne t'avise pas de tout foutre en l'air », me dit-il, Hunter hurle de rire. Moi et mes défis.

"Je suis sûr que si je le fais, Hunter me penchera sur son genou et me donnera une bonne fessée." Le visage de Hunter rougit et oncle Lenny commence immédiatement à crier « TMI—Dani, arrête. Pas devant moi. Il tend la main et m'enveloppe dans une étreinte, dans un léger murmure "ton papa serait si fier, je sais que je le suis." Avec un baiser sur ma joue, il dit qu'il doit retourner au commissariat et se voir sortir. Mark part quelques minutes plus tard.

HUNTER

Je retire la couverture et m'allonge sur le lit, un bras enroulé autour de Danica, l'autre reposant sur notre bébé. La tête de Danica repose sur ma poitrine alors qu'elle se blottit contre moi. "Es-tu sûr?" demande-t-elle, je relève son menton avec mon doigt. «Je n'ai jamais été sûr de rien jusqu'à ce que tu entres dans ma vie. Je t'aime Danica. Elle resserre ses bras autour de ma taille.

"Je t'aime." Les mots qu'elle n'a jamais eu à dire, parce que les actions étaient plus éloquentes que les mots, remplissent mon cœur. J'ai tout ce dont j'ai besoin ici. Mon éternité est ici, reposant dans ce lit d'hôpital. La femme sans laquelle je ne peux pas vivre et notre bébé. Je suis là où j'appartiens, avec ma famille. Aucune première ou récompense de film ne pourra jamais surpasser ce sentiment.

La fin

Don't miss out!

Visit the website below and you can sign up to receive emails whenever Sley Samedy publishes a new book. There's no charge and no obligation.

https://books2read.com/r/B-A-OFCKB-JICHD

BOOKS2READ

Connecting independent readers to independent writers.

Did you love *Amoureux du défi*? Then you should read *Premier Match*[1] by Sley Samedy!

[2]

Ayant grandi sur le campus du Programme, Peter Shepard a toujours su qu'il deviendrait soldat. Mais il a soif de goûter au monde extérieur, et peut-être même à une femme, avant de commencer sa formation de base. Il réalise son souhait lorsqu'une rencontre fortuite le conduit dans les bras d'Allison Macclesfield, une belle esprit libre et la première femme à lui faire remettre en question la vie structurée qui l'attend.

Allison est prête pour l'aventure, goûtant à tous les plaisirs que la vie lui réserve alors qu'elle poursuit une carrière musicale. Elle est intriguée par le mystère qui entoure Peter, et l'alchimie instantanée entre eux la rend plus que disposée à lui montrer tout ce qui lui manque. Mais rencontrer Peter a un prix.

---

1. https://books2read.com/u/mlM1kv

2. https://books2read.com/u/mlM1kv

Lorsque leur désir grandissant se transforme en pensées de dévotion, Peter et Allison seront contraints de prendre une décision très adulte : s'en tenir à leurs projets et poursuivre leurs vieux rêves ou tout abandonner pour avoir une chance de construire une nouvelle vie ensemble. Et tous deux devront peut-être faire face à la dure vérité selon laquelle vous devez parfois sacrifier ce que vous voulez le plus pour la personne que vous aimez.

Also by Sley Samedy

Une nuit sur la plage
Amoureux du défi
Premier Match